Ligne de destinées

SANDRA GAUTHIER

Ligne de destinées

Nouvelles et/ou roman

ISBN : 978-1-7776507-3-5 – Version brochée
ISBN: 978-1-7776507-5-9 – Version reliée
ISBN: 978-1-7776507-4-2 – Version électronique

Couverture et images intérieures : Sandra Gauthier
Photo de l'auteure : Erwyn Loewen

Éditions SADIV Press

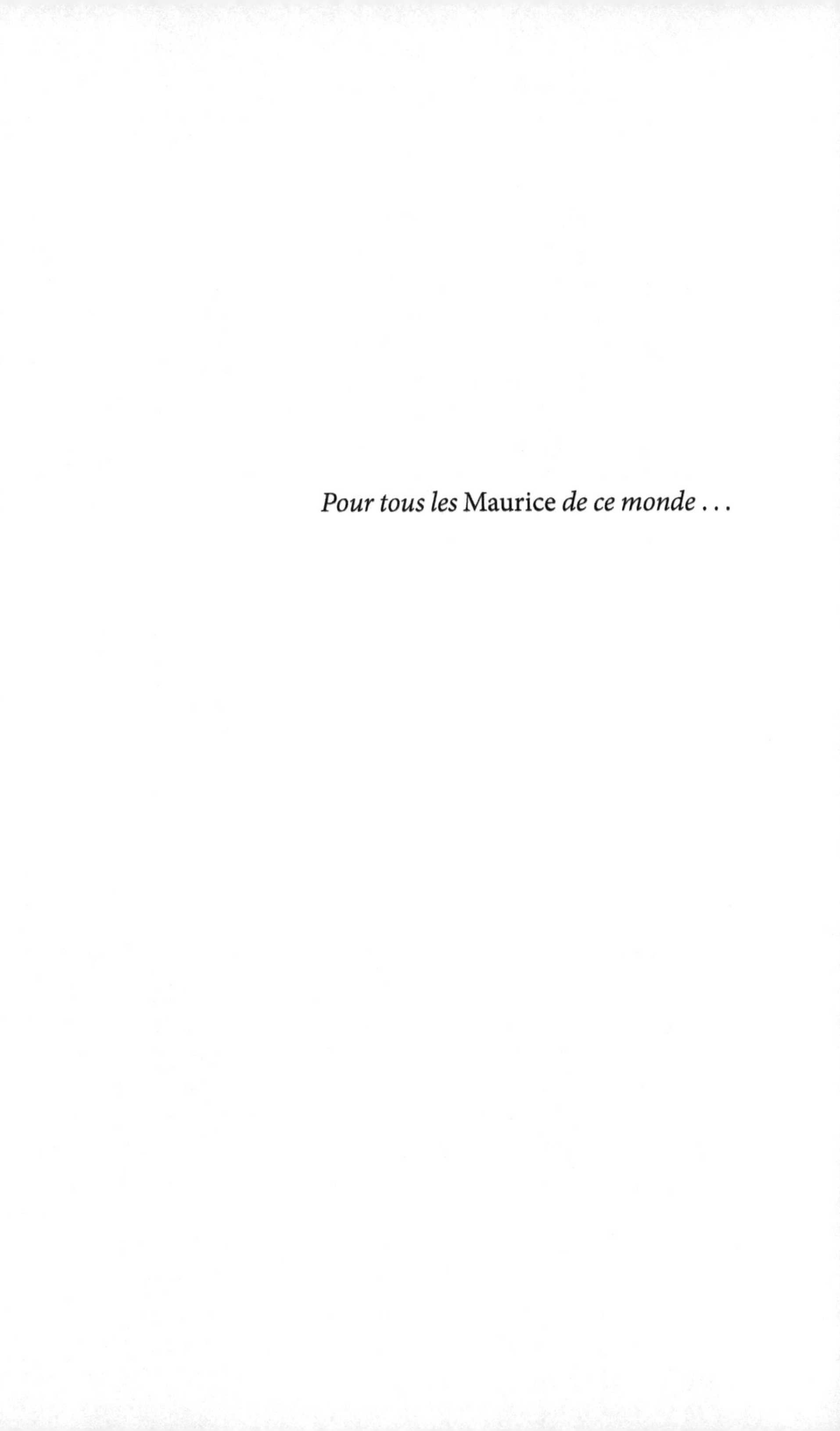

Pour tous les Maurice de ce monde . . .

Tout est déterminé, le début comme la fin, par des forces sur lesquelles nous n'avons aucun contrôle. Êtres humains, légumes ou poussière cosmique, nous dansons tous sur un air mystérieux, entonné au loin par un joueur de cornemuse invisible.

– Albert Einstein, entrevue, octobre 1929

Vous êtes le maître de votre destinée. Vous pouvez influencer, diriger et contrôler votre propre environnement. Vous pouvez faire de votre vie ce que vous voulez qu'elle soit.

– Napoleon Hill, Réfléchissez et devenez riche

la ligne de départ

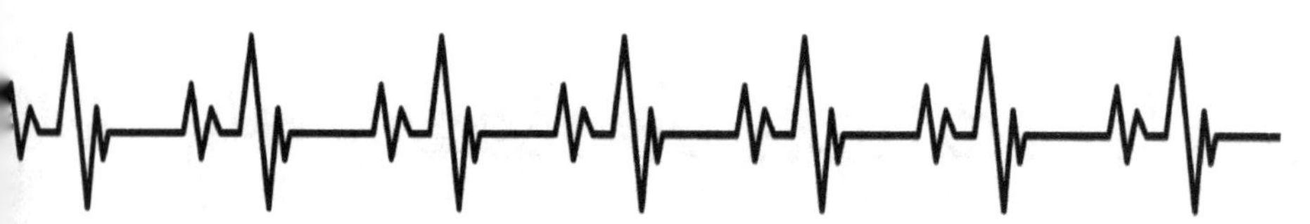

～～～ *la ligne de départ* ～～～

Le cœur de la métropole bat son plein en ce lundi matin de novembre. Les édifices qui s'étirent pour chatouiller le ciel obstruent la vue du soleil, du moins lorsque l'astre daigne se montrer le bout du nez, comme c'est le cas aujourd'hui, et surtout en ce mois des morts pendant lequel l'humeur de dame Nature est aussi changeante que si elle était atteinte d'un cas extrême de troubles bipolaires. L'ombre des géants de béton assombrit les rues qui, à l'heure de pointe, se font rouler dessus par suffisamment de véhicules pour créer des bouchons de circulation. Les trottoirs, eux, coincés entre les édifices et les rues, sont foulés par des milliers de pieds qui marchent pour la plupart d'un pas décidé, puisqu'il faut bien avoir un but précis pour décider de son plein gré d'affronter les sautes d'humeur de notre grande dame. Un lundi matin. À l'heure de pointe. Les trottoirs fourmillent donc d'individus anonymes qui marchent dans un sens ou dans l'autre, regardant droit devant eux, précisément dans l'espace vide entre les fantômes en chair et en os qu'ils rencontrent. Chacun évite accrochages ou collisions par des bifurcations discrètes mais efficaces qui créent une illusion d'organisation ; un chaos gardé dans un semblant d'ordre par les trois couleurs alternantes des feux de circulation. Aux coins des rues, la masse des piétons s'arrête pour obéir à la paume rouge qui interdit de traverser, et se remet en marche à l'instant précis où le petit bonhomme blanc apparaît enfin. Le flot lent de la circulation, pour sa part, s'immobilise au feu rouge et vrombit jusqu'à ce qu'il ait le feu vert pour avancer à nouveau. Automobiliste ou piéton, chacun fixe son regard sur le signal qui l'intéresse personnellement avec une intensité qui, dans le meilleur des mondes, devrait avoir une influence sur son changement. Cet accord silencieux entre piétons et automobilistes évite les tragédies, du moins la plupart du temps. Souvent, des sirènes d'urgence retentissent dans le bourdonnement de cette activité urbaine. Le subconscient de ceux qui ont laissé des êtres chers à la maison se demande furtivement si leur fille a bien regardé des deux côtés de la rue avant de traverser, si leur vieux père n'est pas tombé dans les escaliers, s'ils ont bien fermé le rond de la cuisinière après avoir fait cuire le gruau des enfants, si leur mari malade du cœur n'a pas encore oublié de prendre une de ses pilules, s'ils n'ont pas oublié de fermer la porte à clé avant de partir. Mais ces pensées furtives traversent rarement la barrière de leur conscience, parce que si on laisse son esprit aller à imaginer tout ce qui pourrait arriver quand on vit dans la cohue d'une ville, on deviendrait complètement fou ! De toute façon, on n'a pas le temps ; on a des rendez-vous et des obligations qui nécessitent qu'on tienne le temps qui passe à l'œil. Les pensées tragiques provoquées par les sirènes s'évaporent lorsque leur cri s'estompe au loin. On espère secrètement que les tragédies perturberont la vie des autres. On poursuit son chemin. Chaussures, moteurs et même le redoutable chant des sirènes d'urgence, tout concourt à composer la symphonie urbaine.

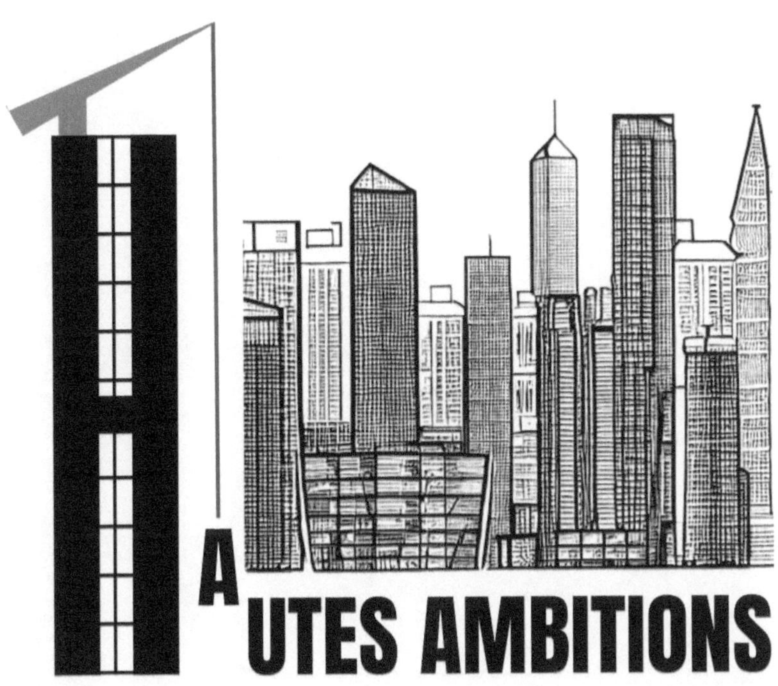
HAUTES AMBITIONS

ligne 1

Hautes ambitions

Albert Montfort, de la banquette arrière de sa berline noire, regardait par sa vitre teintée les piétons qui grouillaient sur le trottoir, tels des coquerelles géantes qui osaient contribuer à ralentir sa progression vers sa propre destination. Il fixait le manteau rouge feu d'une femme blonde étonnamment grande qui détonnait dans la masse aux tons neutres. Il ne la regardait pas comme on peut admirer la beauté d'une femme, mais plutôt comme un collectionneur d'œuvres d'art qui tente d'évaluer la valeur d'une nature morte et dont l'œil est attiré par une marque de couleur que le peintre a stratégiquement placée. Lorsque la femme tourna le coin de la rue et disparut de son champ de vision, son manteau rouge feu et elle s'éclipsèrent de la mémoire d'Albert aussi vite qu'une toile qui ne valait pas l'investissement. Il n'avait pas vraiment pensé à elle de toute façon. Il avait simplement recherché une distraction des yeux. Il était préoccupé de contenir du mieux qu'il pouvait l'excitation infantile qui l'animait et qui lui donnait l'impression que son ample panse était remplie d'une nuée de papillons virevoltants. Il ne pouvait tout de même pas laisser trahir une émotion qui lui donnerait l'air d'être un gamin pauvre à qui on a donné un gâteau riche. Pourtant, quiconque aurait bien connu Albert aurait su que le double clin d'œil rapide qui animait sa paupière droite n'apparaissait sur son visage d'ordinaire impassible que lorsqu'une émotion forte touchait son être. Albert lui-même était complètement inconscient de ce tic nerveux. Il allait sans dire qu'à la seconde où il en aurait pris conscience, il aurait tout fait pour éradiquer le traître tic, au prix même de sa paupière droite, s'il s'en était avéré nécessaire. Albert clignait triplement de l'œil aujourd'hui. C'était une journée importante, une journée glorieuse, une journée historique, qui allait marquer le commencement du reste de sa vie ; la journée symbolique de son ascension à travers toutes les classes sociales et dont il était maintenant à la tête grâce à son ambition sans bornes. Il avait gravi tous les échelons de la société par les seuls mérites de son propre labeur acharné plus vite que…

Le chauffeur baissa alors la vitre qui le séparait de son patron.

« Monsieur Montfort, est-ce que je vous laisse ici ? »

Albert, contrarié de s'être fait interrompre avant d'avoir pu trouver la figure de style parfaite pour sa comparaison, répondit d'un ton qu'on devinait plus contrarié qu'à son habitude :

« Ici ? Mais tu ne vois pas que tous ces passants me bloquent l'accès à l'entrée du chantier ? »

« Il n'y a pas d'autre endroit pour y entrer, monsieur Montfort. Attendez, je vais vous aider. »

Le chauffeur avait pris la décision de mettre la voiture sur

PARK à l'endroit même où elle était arrêtée et de signaler l'urgence de sa situation précaire en appuyant sur le bouton qui faisait clignoter à intervalles réguliers toutes les lumières rouges entourant le véhicule. Il alla ouvrir la portière de son patron et lui tendit la main pour l'aider à s'extraire de la banquette arrière tout en ignorant tant bien que mal les klaxons aux tonalités variées des voitures auxquelles la berline bloquait le passage, puisqu'il ne pouvait pas se permettre le luxe de perdre son emploi. L'égoïsme était parfois de rigueur, surtout lorsqu'on était responsable de nourrir cinq bouches.

Le chauffeur alla ensuite s'infiltrer dans le flot des piétons et força la création d'un chemin temporaire qui donna le loisir à Albert de se rendre tranquillement à la porte de bois sur laquelle un panneau de signalisation interdisait expressément l'entrée au public. Selon les illustrations du panneau, toute tête autorisée à entrer était avertie du danger qui se trouvait au-delà du seuil par un triangle jaune inversé rempli d'un point d'exclamation noir et devait, par conséquent, être coiffée d'un casque rigide de sécurité.

« Raymond, j'ai une fringale, va m'acheter mon sandwich préféré et reviens me chercher dans une heure précisément. Je devrais avoir terminé mon inspection du chantier. »

« Au Café du Coin, monsieur Monfort ? »

« Bien sûr, au Café du Coin. C'est là qu'on vend les meilleurs sandwichs en ville, Raymond. »

« Bien sûr, monsieur Montfort. » Raymond releva la casquette de son uniforme de chauffeur en signe d'approbation et tira sur la porte du chantier pour laisser le passage à son employeur.

Deux hommes attendaient Albert de l'autre côté. Celui qui

n'avait pas un long rouleau de papier en main lui tendit aussitôt un casque de sécurité blanc identique à celui qui était posé sur leurs têtes, si ce n'était du fait qu'il était visiblement flambant neuf. Albert regarda le casque et le posa avec soin sur sa tête, ce qui eut pour effet d'altérer bizarrement la courbe lissée de son toupet blond-châtain sur son front, étant donné la quantité industrielle de laque forte qu'on semblait avoir utilisée pour le maintenir en place.

« Bonjour, monsieur Montfort. Bienvenue ! Nous sommes honorés de votre visite… impromptue. »

C'était le contremaître qui avait parlé.

« Nous ne nous attendions pas à vous voir aujourd'hui, je dois vous avertir… »

Albert interrompit l'architecte. Il n'avait pas envie de parler, et encore moins d'écouter. Il était là pour se donner le loisir de se prélasser dans ses rêvasseries.

« Non. Non ! Ne dites rien ! Amenez-moi au sommet de la Tour Montfort. Amenez-moi à mon futur bureau », ordonna-t-il.

Les deux hommes se turent donc et le précédèrent jusqu'à l'ascenseur qui les mènerait au dernier étage du squelette de son gratte-ciel. Quiconque victime de vertige, même minime, se serait senti mal à l'aise de se voir quitter la fermeté de la terre et monter vers le ciel dans une cage qui laissait librement passer le vent à travers le grillage. Si une telle cage d'ascenseur avait été munie de haut-parleurs, la musique instrumentale monotone qu'on pourrait s'attendre à ce qu'ils crachent aurait été assourdie par la cacophonie urbaine pour être bien vite remplacée par la symphonie harmonique de la construction dont la mesure était battue par un martèlement régulier, martèlement qui faisait état de musique aux oreilles d'Albert. Albert, planté entre les deux hommes, se dandinait, et clignait de la paupière droite, alors qu'il regardait le monde rapetisser tranquillement à ses pieds. Il concentrait son regard sur sa longue berline noire qui s'était refondue dans la circulation. Elle s'arrêta à un feu rouge et, lorsque le feu passa enfin au vert, sa grande voiture était de la taille des « p'tites autos » *Matchbox* avec lesquelles les enfants s'amusent en faisant des bruits de vrombissements. Les piétons, pour leur part, passèrent lentement de la taille de coquerelles à celle de fourmis.

Albert sourit, prit une longue inspiration, sortit son téléphone intelligent de la poche de son manteau et appela le premier nom sur sa liste de contacts.

« Adèle, annule tous mes rendez-vous de la journée », cria-t-il dans l'appareil et sans attendre de réponse – sachant pertinemment que son ordre serait exécuté subito presto sans rouspéter – il avait raccroché et remis son téléphone dans sa poche.

La montée au sommet lui avait semblé interminable, mais lorsqu'il y arriva enfin, sa jubilation était à son apogée.

L'architecte ouvrit la porte et Albert sortit sur la plateforme de béton déserte qui allait un jour abriter son bureau penthouse, du haut duquel il pourrait continuer son ascension économique et sociale. Son ascension dépasserait le royaume des Cieux. Albert Montfort et son ambition n'avaient pas de limites.

Le petit groupe s'avança vers le centre de la plateforme et avant même que l'architecte ait eu le temps d'enlever l'élastique qui retenait son rouleau de papier, Albert avait lancé à ses employés un regard qui les invitait fortement à aller jouer ailleurs.

Les deux hommes s'exécutèrent sans un mot jusqu'à ce qu'ils se soient assez éloignés de leur patron pour lancer un « espèce de trou du cul pompeux » sans avoir peur de se faire entendre du trou du cul en question.

Albert les regarda lui tourner le dos pour s'éloigner et s'empressa aussitôt de retirer la soie de son caleçon dont le prix exorbitant ne l'empêchait néanmoins pas d'aller se loger dans la craque de ses fesses aussitôt qu'il faisait plus de trois pas.

Le ciel bleu était un arrière-plan parfait au vide pris en sandwich entre le béton sous ses pieds et celui au-dessus de sa tête. Le gris lisse constituait le canevas parfait pour l'érection du décor de son bureau, du plancher au plafond, par la seule fertilité de son imagination. L'espace vide devant ses yeux s'emplit donc jusqu'à ce que le chef-d'œuvre créé par son esprit extraordinaire devienne aussi vivide que s'il avait été réel, ni plus ni moins. Une fois chaque détail du tableau mis en place et bien ancré, il fit un pas en avant pour se planter les deux pieds dans son fantasme, et se laissa aller sans vergogne aucune à vivre l'extase procurée par la scène dont il était bien entendu lui-même le héros.

Tout l'ameublement de la pièce était plus grand que nature. Le sofa de cuir brun sur lequel Albert alla s'asseoir devait lui avoir coûté la peau des fesses, ou plutôt coûté la peau à une douzaine de veaux pour le recouvrir. Albert prit la télécommande qui se trouvait sur la table cocktail devant lui et en poussa les innombrables boutons sans attendre de voir à quoi ils pouvaient bien servir, ce qui donna pendant un instant l'impression qu'il se trouvait dans une discothèque et non dans un bureau où se brasseraient des affaires des plus sérieuses. Puis, le mur qui lui faisait face et qui était recouvert d'étagères de livres sans titres à reliure luxueuse se sépara en deux pour laisser apparaître un appareil de télévision géant qui s'alluma automatiquement.

L'image montrait le haut du corps d'une femme sans âge parfaitement coiffée et maquillée.

Et maintenant, le bulletin météo :

Nous sommes le lundi 15 novembre, et c'est une journée absolument magnifique, le soleil brille et il fait étonnamment chaud pour ce temps de l'année. Il y a du vent, certes, mais seulement en très haute altitude, ce qui ne préoccupera donc en aucune façon le commun des mortels. Demain mardi, la température va tomber en chute libre en soirée mais, ne vous en faites pas, chers téléspectateurs, puisque dès mercredi midi, cette chute ne sera plus qu'un mauvais souvenir : il fera beau soleil jusqu'à vendredi en fin de journée. Malheureusement, nous conclurons notre semaine de travail avec un violent orage pointé de bourrasques sifflantes ; tant qu'à y être, aussi bien vous informer que la première journée de votre prochaine semaine de labeur se conclura d'une façon similaire, avec une pluie torrentielle, voire diluvienne, qui dévalera le ciel à la verticale.

L'image de la femme se figea alors pour donner le temps à Albert de savourer le moment.

Albert sourit donc. C'était effectivement une journée absolument magnifique. Il pouvait voir par le mur entièrement vitré qui le protégerait des intempéries qu'à peine quelques cumulus touffus d'un blanc pur traversaient son champ de vision de gauche à droite. Un moineau qui osa lui obstruer le paysage vint se cogner le bec contre le verre de sa tour d'ivoire et tomba aussitôt hors de sa vue dans la direction mandatée par la loi de la gravité. Albert reporta donc son attention sur la télévision. La femme se dégela aussitôt et se remit à parler :

Et maintenant, le grand titre aujourd'hui :
Le duc de Bellevue, dans ses constants efforts philanthropiques, a fait un don d'un montant non divulgué, mais qu'on suppose astronomique, à la Soupe populaire de la rue Saint-Bernard où –

Agacé, Albert fronça le nez et changea vite la chaîne. L'imagination d'Albert lui proposa la même présentatrice de nouvelles.

Et maintenant, LE SEUL vrai grand titre aujourd'hui:
La structure de la Tour Montfort est enfin complétée…

Albert monta le volume pour achever d'assourdir le bourdonnement de la construction et lui permettre de savourer pleinement chaque parole qu'elle s'apprêtait à prononcer.

Son créateur, le très estimé milliardaire Albert Montfort, PDG de la compagnie d'assurances Montfort Illllllimitée pourra donc bientôt regarder à loisir toute la ville et sa populace de très très très haut. L'édifice qui gratte maintenant notre ciel est le symbole parfait de l'ascension, de l'édification, de l'érection de ce très grand homme qui flotte au summum de toutes ses ambitions les plus fantasmagoriques. Albert Montfort, une réelle force de la nature qu'il ne faut surtout pas faire l'erreur de sous-estimer.

Albert éteignit l'appareil puisqu'il avait entendu tout ce qu'il voulait entendre. Il se leva et se dirigea vers une table d'agate naturelle où était posée une carafe à décanter de cristal taillé Marquis de Waterford remplie à ras bord de Henri IV Dudognon Héritage, le cognac le plus dispendieux qui existe – son cognac préféré – et en versa une quantité déraisonnable dans un des deux verres de cristal posés à côté de la carafe.

Verre en main, il alla s'asseoir dans son énorme fauteuil ergonomique, fait sur sa mesure par les meilleurs experts en… euh, *ergonomisme(?)* qui était stratégiquement placé derrière un gigantesque bureau d'acajou de Cuba qu'il avait fait faire par les meilleurs ébénistes, cela va sans dire. Les poignées ornées des tiroirs du meuble étaient d'une dorure beaucoup trop éclatante pour être faites en or massif, mais ça n'avait aucune importance puisque c'était la parure qui comptait vraiment, après tout.

Albert retira avec soin le casque de sécurité de sa chevelure et le posa sur le dessus dénudé du bureau. Alors qu'il replaçait son toupet de la paume de ses mains, il fut à peine surpris d'entendre l'accent huppé et agaçant au plus haut point du duc : « On dirait bien que vous avez enfin atteint le sommet, mon très cher monsieur Montfort. Le top du top. Je ne vous arrive définitivement pas à la cheville. »

Le duc, habillé en smoking, était maintenant assis dans un des deux petits fauteuils qui lui faisaient face de l'autre côté du bureau. Il ne put presque pas s'empêcher d'admirer la chevelure abondante de l'homme, parsemée de juste assez de sel pour lui donner une allure encore plus sophistiquée et aristocratique.

« Ah, bonjour, Duc ! Mais bien sûr que vous ne m'arrivez

pas à la cheville. Vous êtes né avec la cuiller d'argent déjà fourrée dans le clapet. Vous n'avez absolument aucun mérite. Moi, par contre… moi, j'ai fait tous les sacrifices nécessaires ! J'ai grimpé les rangs, un par un, à la seule sueur de mon propre front… »

Albert prit alors une gorgée de cognac pour laisser au duc le temps de digérer ses propos. Il grimaça à peine quand le liquide brûlant qu'il n'aimait pas vraiment dévala sa gorge. Il mit le verre sur le bureau à côté de son casque et se dirigea vers le pan de mur où trônait la *Femme au béret et à la robe quadrillée*, l'œuvre de Picasso qu'il avait gagnée aux enchères la semaine précédente.

« Tu désirais vraiment ce tableau, Duc. Il est laid et ridicule, et m'a coûté une véritable fortune. » Il détourna son regard du portrait pour se délecter de l'expression de défaite du duc. « C'est moi qui le possède maintenant, et il ne t'appartiendra jamais. Ja-mais il ne t'appartiendra, tu m'entends ? »

Albert n'attendit pas de réponse à sa question rhétorique et éclata d'un rire digne d'un film d'horreur des années trente.

Il se dirigea alors vers le mur vitré qui lui donnerait le loisir de se contempler la nuit ou de contempler le monde le jour. Il regarda vers le bas où la ville grouillait et poursuivit : « Je suis le maître du monde. L'univers m'appartient. Tu ne vaux pas plus que ces insectes qui fourmillent à mes pi – »

Puis, le vent interrompit crûment son monologue en lui chatouillant la nuque et en lui sifflotant à l'oreille. Albert se réveilla en sursaut du rêve dans lequel il s'était vautré pour constater que le bout de ses chaussures italiennes Giuseppe Zanotti flottait dans le vide. Il cligna de l'œil droit à répétition alors qu'il faisait une demi-pirouette sur lui-même pour fuir le bord du précipice. Mais une rafale sembla arriver juste à point pour donner à Albert la petite poussée qui suffisait à le persuader d'aller rejoindre son moineau sur le plancher des vaches.

Dans le vide qui l'enveloppait, Albert battait des bras aussi vigoureusement que s'il s'était attendu à pouvoir s'envoler comme un oiseau. Il voyait l'immensité bleue du ciel lui faire face et était trop incrédule et abasourdi pour vraiment comprendre ce qui lui arrivait. Ce n'est que lorsqu'il vit la tête du duc apparaître à l'endroit où lui-même s'était trouvé un millionième de seconde plus tôt, et lui offrir son plus beau clin d'œil délibéré, qu'Albert comprit vraiment la gravité de sa situation.

Le *bang bang bang* de la construction lui cassait les oreilles. C'était impossible. Lui, Albert Montfort, distingué PDG de Montfort Illimitée, compagnie qui offrait des assurances tous risques contre tout type de tragédie imprévue, ne pouvait pas avoir ainsi perdu le contrôle de sa destinée, surtout d'une façon aussi grotesque. Le flash d'un instant, il pensa même qu'il pourrait, ou même devait, survivre à la chute puisqu'il s'imaginait mal que le monde pourrait continuer de tourner sans lui, mais son esprit s'appropria les commandes avant même qu'il ait pu comprendre l'impossibilité de l'éventualité, et fit ce que l'esprit de tout condamné a le devoir de faire juste avant sa fin : il lui fit dérouler le spectacle de sa vie devant ses yeux, et ce, en couleurs haute définition.

« Albert, passe-moi donc cette belle miche de pain là, s'il te plaît. »

Albert est un adolescent boutonneux aussi mince que le balai qui est appuyé au mur à côté de lui et a une tignasse de cheveux blond-châtain parsemés de poudre blanche. Il regarde son père et hésite avant de prendre la miche que celui-ci pointe encore du doigt.

« Allez, Albert ! Passe-la-moi, qu'est-ce que t'attends ? »

Albert s'exécute et remet la miche dans les mains de son père avec assez de force pour en faire craquer la croûte. Son père la met aussitôt dans un sac de papier brun qu'il donne à sa cliente.

La cliente met le pain dans son fourre-tout d'où elle sort son porte-monnaie qu'elle ouvre, et se met à brasser de son index les quelques pièces qui s'y trouvent sans sembler pouvoir mettre le doigt sur ce qu'elle cherche.

« C'est correct, madame Dupuis, vous pouvez me payer une autre fois. »

« Oh, monsieur Moinfort, êtes-vous sûr ? Je vous dois déjà tant. »

« J'insiste, madame Dupuis. On a trop fait de pain aujourd'hui et ce pain-là allait finir par nourrir les moineaux de toute façon. »

« Dieu vous bénisse, monsieur Moinfort. Vous êtes un homme bon. Allez, les enfants, on rentre à la maison. »

Et Albert s'était mordu la langue jusqu'à ce que madame Dupuis et sa paire de jumeaux soient sortis de la boulangerie et que la clochette qui annonçait les allées et venues des clients ait arrêté de sonner.

Le visage d'Albert est cramoisi et sa paupière droite sautille.

« On n'a pas fait trop de pain aujourd'hui. On ne fait *ja-mais* trop de pain. Et tu sais très bien qu'elle ne nous paiera jamais. »

« Je sais, Albert… mais ils ont faim et on a de la nourriture. »

« J'*ai* faim ! J'ai faim de steak ! Du pain, du putain de pain ! C'est tout c'qu'on mange. Toutes les maudites journées ! »

Albert prend alors une grosse poignée de farine et la lance en l'air. La poudre blanche embrouille à peine la scène en retombant lentement vers le plancher.

« J'en ai tellement ma claque de cette merde ! Y'en a par-tout ! Elle me sort par les pores d'la peau ! » Il se frappe les mains ensemble, créant ainsi un cumulus de poussière, et s'es-suie sur son tablier.

« Ça suffit Albert ! Fais donc preuve d'un peu de respect. Qui es-tu ? Mais où est ta compassion ? Si ta pauvre mère pou-vait te voir, elle serait morte de honte. »

« Malheureusement, maman pourrit six pieds sous terre depuis longtemps, p'pa. Je peux pas savoir si elle serait morte de honte. Tout c'que j'sais, c'est que c'est chacun pour soi dans ce monde. C'est la seule façon d'y arriver. Toi, tu ne sortiras jamais de ce trou. »

« Ce trou, comme tu dis Albert Moinfort, c'est la boulan-gerie Moinfort et *Fils* et elle va t'appartenir un jour. Fais donc attention à ce que tu dis. »

Albert reste silencieux pendant que le spectacle de son avenir dans la boulangerie se joue devant ses yeux. Sans attendre la fin, il commence à détacher le tablier qui lui serre la taille avec des gestes lents et délibérés et c'est en regardant son père droit dans les yeux qu'il en retire la corde qui lui entoure le cou et le lance par terre. Il saute sur le tablier et le piétine en affirmant : « Plutôt mourir ! Tu m'entends ? J'ai de très hautes ambitions dans la vie ! Je ne vais pas finir mes jours un moins que rien comme toi. Je ne vais pas passer une minute de plus dans ce trou, tu m'entends ? Et je ne vais plus *ja-mais* retoucher cette merde de poussière blanche. »

Et Albert se dirige vers la porte qu'il ouvre. Il se retourne, regarde son père dans les yeux une dernière fois et déclare : « Je te déteste. Je déteste tout ce que tu représentes. »

Albert sort de la boulangerie avec un *ding ding ding* de la clochette pour ponctuer son départ définitif.

Les deux mains d'un Albert encore mince et boutonneux sont plongées dans un évier rempli d'eau de vaisselle sale. Ses mains rougies sortent une assiette blanche de l'eau et la posent à sa droite, au sommet de la tour formée d'une cinquantaine d'autres assiettes identiques.

« Hé ! les gars, regardez qui a finalement daigné nous rendre visite. T'en avais assez d'être assis à ne rien faire à la maison, Mike ? »

Albert se retourne pour voir ce qui se passe et s'essuie les mains sur son tablier sale.

Mike, le boucher du restaurant, est au centre de la cuisine et commande toute l'attention. Il lève sa main gauche qui est enrobée d'un gros bandage.

« Ben, cette main-là est peut-être hors service… »

Il lève la main droite.

« … mais vous pouvez me croire que celle-ci a été bien occupée dans les dernières semaines. »

Il y a un éclat de rire généralisé. Mais Albert ne rit pas.

« Et maintenant, il est à peu près temps qu'elle lève une bonne bière…, qu'est-ce que je dis, j'en ai besoin d'une bonne douzaine ! C'est bien plaisant de pouvoir asseoir son cul à ne rien faire, mais ça devient long à la longue. Qui vient me rejoindre au bar de l'autre côté de la rue après le service du souper ? C'est ma traite ! »

D'un geste devenu automatique, Albert prend l'assiette qui est au sommet de la montagne à sa gauche et s'adresse à son collègue le plus proche.

« Comment il peut se permettre de nous payer la traite comme ça, Mike ? Il n'a pas travaillé une minute depuis son accident. »

« Les assurances, Bert. C'est grâce au merveilleux monde des assurances. »

Une étincelle s'allume dans l'œil droit d'Albert. L'étincelle grossit et se met à briller de tous ses feux jusqu'à ce qu'il cligne de l'œil.

Albert est assis à la table de cuisine de madame Ardelle. Il porte le complet cravate de taille médium qu'il a acheté en solde dans un magasin à rayons et dans lequel il y a encore amplement de place pour qu'il puisse engraisser de trois bons kilos. Il prend un des biscuits aux pépites de chocolat faits maison dans l'assiette que madame Ardelle a posée devant lui et croque une bouchée.

« Quel beau bébé, madame Ardelle ! Je pense que c'est le plus beau bébé que j'aie jamais vu de toute ma vie. »

La mère sourit en regardant le bébé qui dort dans ses bras.

« C'est vrai qu'il est beau, n'est-ce pas ? »

Albert avale sa bouchée.

« Vous avez d'autres enfants, madame Ardelle ? »

« Oh, mais oui, monsieur Moinfort. Trois filles qui ont sept, cinq et trois ans », dit-elle en pointant une mini-elle qui s'amuse avec une poupée sur le tapis du salon. « Frank, ici, est notre premier garçon. On espère que le prochain sera lui aussi un garçon », dit-elle en pointant son ventre rebondi.

Albert choisit un troisième biscuit.

« Merveilleux ! » s'exclame Albert. « Et, qu'est-ce qu'il fait dans la vie, monsieur Ardelle ? »

« Paul ? Paul est mécanicien. » Elle sourit, et Albert aussi.

« Ah oui ? Intéressant… Et comment est-ce que votre belle, grande… grandissante famille est protégée, madame Ardelle ? »

« Protégée ? » Elle prend une seconde pour réfléchir. « Et bien, nous avons un peu d'économies. C'est difficile, vous savez. Il y a toujours quelque chose – »

Albert l'interrompt. « Hu-hum. » Il acquiesce de la tête. « Je sais, je sais… mais est-ce que c'est suffisant ? »

« Suffisant ? »

« Oui, madame Ardelle, suffisant… Imaginez que le téléphone sonne et que vous répondez pour vous faire dire que monsieur Ardelle, Paul, a été victime d'un grave accident. Dieu vous en préserve… »

Madame Ardelle blêmit visiblement et le plus beau bébé qu'Albert ait jamais vu de toute sa vie se met à gigoter dans son sommeil.

Albert choisit un autre biscuit, en prend une bouchée, mastique, avale, et continue : « Oh, mais ne vous en faites pas, madame Ardelle, Paul n'est pas mort… Paul est bien vivant. Oui, il est bien vivant, mais seulement, il est tellement mutilé qu'il ne pourra plus *ja-mais* travailler un seul jour de sa vie… »

Madame Ardelle est maintenant aussi blanche que la nappe qui recouvre sa table de cuisine.

« … et vous devrez vous occuper de lui… » Il prend une pause dramatique qui, si on s'était trouvé dans un film, aurait été accompagnée d'une musique qui rend la tension palpable.

« … *vous* devez vous occuper de lui pour le reste de ses jours… pour le reste de *vos* jours, en fait…, comme vous l'avez promis… jusqu'à ce que la mort vous sépare. »

Albert se frotte les mains pour faire tomber sur la nappe les graines qui lui ont collé aux doigts et les balaie par terre du revers de la main. Il prend son porte-documents et en sort une police d'assurance. Il sourit, fait un petit clin d'œil involontaire et rassure sa nouvelle cliente :

« Heureusement pour vous, madame Ardelle, je peux vous offrir une assurance qui *vous* met à l'abri de cette effrayante et tout ce qu'il y a de plus tragique éventualité. » Il sourit largement. « Un café, peut-être ? Du lait et trois sucres, s'il vous plaît. »

Le complet-cravate haut de gamme que porte Albert est maintenant de taille X-large. Une longue couette de cheveux du côté droit de sa tête a été soigneusement peignée de façon à recouvrir du mieux qu'elle pouvait la calvitie qui ravage le dessus de son crâne.

Il est assis derrière un gros bureau de chêne. En grosses

lettres peintes sur le mur qui lui fait face est inscrit le nom de sa compagnie : Assurances Montfort Limitée.

Albert appuie sur un bouton. « Lise. Dans mon bureau. »

On frappe presque aussitôt un petit coup timide à la porte qui s'ouvre sur une jolie femme à l'allure sobre d'à peu près l'âge d'Albert. Elle vient se planter devant son patron, documents en main.

« Parle-moi. »

« La limousine va aller vous chercher à votre domicile à dix-huit heures. La cérémonie va commencer à dix-neuf heures trente, ce qui devrait vous laisser amplement le temps de prendre un verre de cognac ou deux avant le repas. Votre discours d'acceptation a été programmé pour vingt et une heures trente, après le dessert, qui sera, m'a-t-on dit, un *Chocolat d'or noir* provenant du restaurant la Tour Argentée. »

« Un chocolat d'or noir ? »

Lise cherche une des petites cartes qu'elle tient. « C'est une mousse pralinée aux noisettes caramélisées avec sorbet au cacao. C'est à en mourir, paraît-il. »

Elle pose les documents devant lui en s'assurant que l'écriture soit à l'endroit pour lui.

Voici une copie de votre discours… et j'ai pris la liberté de faire des cartes d'indices pour vous. »

Puisqu'il reste silencieux, Lise demande : « Est-ce que vous avez besoin d'autre chose, monsieur Montfort ? »

« Non, c'est tout pour l'instant. »

Lise se dirige donc vers la porte.

« Lise ? »

Lise se retourne. « Oui, monsieur Montfort ? »

Elle revient se planter devant lui.

Albert reste encore silencieux pendant un moment et la dévisage de la tête aux pieds. Lise, inconfortable, regarde dans un coin de la pièce où une araignée clandestine tisse sa toile.

« Ça fait combien de temps que tu travailles pour moi, Lise ? Trois…, quatre ans ? »

« Ça va faire neuf ans en janvier, monsieur Montfort. »

« Neuf ans, hein ? » Il s'entrelace les doigts et place ses mains jointes derrière son crâne, prenant bien soin de ne pas toucher le dessus de sa tête.

« Et, quelle est ta… situation familiale, Lise ? Je sais que tu n'es pas mariée, mais est-ce que tu as une… meilleure moitié, comme le disent si bien les Anglais ? »

« Non, non, monsieur Montfort. Je n'ai pas de… douce moitié. » Ses pommettes sont écarlates sous son fard à joues rosé.

Albert cligne de l'œil. « Je vois. »

« C'est tout, monsieur Montfort ? »

Mais ce n'est pas tout à fait tout. Albert poursuit son interrogatoire. « Et est-ce que tu as une belle robe de soirée, Lise ? »

Lise ouvre la bouche pour répondre à la question mais la referme puisqu'Albert n'a pas encore fini. « Une robe de soirée assez élégante pour être vue au bras de l'*Honorable Récipiendaire du Prix d'Excellence du Monde des Affaires* de l'année ? » (Il faut avouer que la *grandiosité* de ce titre méritait bien toutes les majuscules possibles, nonobstant les règles d'usage de la grammaire française.)

Parce que Lise ne semble pas comprendre, puisqu'elle hésite, il précise : « À *mon* bras. »

Lise finit par acquiescer de la tête.

« Et tu veux m'accompagner, Lise ? Tu pourras m'aider avec

tout ça », dit-il en pointant la paperasse qu'elle avait posée devant lui.

« Oui, monsieur Montfort… je le veux. »

Albert porte un smoking XX-large et se trouve dans un hall de gala d'un luxe que seuls les archiriches peuvent décrire en des mots assez bons pour rendre justice au décor. Il a un verre de cognac dans la main gauche qui arbore un anneau en or à l'annulaire. Celui-ci scintille dans la lumière d'un des chandeliers de cristal. Son bras droit est tenu par Lise qui, elle, se tient bien droite à côté de lui, vêtue d'une robe digne du smoking d'Albert. Son coude droit à elle frôle celui d'un homme aux cheveux roux flamboyants rebelles qui se tient à côté de sa femme à lui. Le couple fait face à un homme dont les traits du visage témoignent d'une aristocratie qui ne s'achète pas.

Un vieil homme aux cheveux aussi blancs que la farine qu'utilisait le père Moinfort pour façonner son pain quotidien parle à Albert d'un ton qui témoigne du fait que toute trace d'enthousiasme pour quoi que ce soit l'a depuis longtemps quitté.

« … nous étions sur son Yacht dans la Méditerranée pour célébrer les fiançailles de sa fille… »

Albert opine de la tête à intervalles réguliers mais n'écoute pas un mot de l'histoire du vieil homme. Il écoute plutôt celle que le duc, de son accent huppé et agaçant au plus haut point, raconte à l'homme aux cheveux roux flamboyants et à sa femme.

Le duc raconte : « … le Picasso sera vendu aux enchères

le mois prochain. La seule constance dans ma vie a été ma Mamie. Pendant toute mon enfance, elle me mettait au lit en me racontant des histoires intrigantes qu'elle puisait dans la saga de sa propre vie. Dans une de ces histoires, elle m'a confié qu'elle avait été la source d'inspiration pour un des tableaux du grand maître Picasso. Une muse très temporaire, avait-elle dit, mais une muse tout de même. Elle ne m'a jamais révélé le titre de ce tableau mais elle m'en a décrit les couleurs, la pose, les formes, l'habillement, avec des détails tellement précis que j'ai pu faire des recherches approfondies et, croyez-le ou non, j'ai trouvé le tableau… je sais, du plus profond de mon âme, que le tableau que ma Mamie a inspiré le grand maître à peindre n'est nul autre que la *Femme au béret et à la robe quadrillée*. Ja-mais, dans mes rêves les plus fous, je n'aurais cru avoir l'occasion de me procurer cette œuvre d'art et pouvoir l'accrocher à la place d'honneur dans mon grand salon, mais cette vente aux enchères est ma chance et vous pouvez être assurés que je ne la laisserai pas passer, peu importe le prix. »

« C'est une bien belle histoire, mais rien ne vous garantit que votre… mamie ne l'a pas inventée de toute pièce… la *Femme au béret et à la robe quadrillée*, de Pablo Picasso, cette toile ne vaut-elle pas une véritable fortune ? » C'est l'homme roux qui a parlé.

« Vous passez à côté de l'essentiel, mon cher Charles. L'*amour* est l'essentiel. Et l'amour n'a pas de prix. »

« … et c'est comme ça qu'il est mort, conclut le vieil homme aux cheveux aussi blancs que de la farine qui attend en vain l'impact de ses paroles sur son interlocuteur. Lise donne un coup de genou discret à Albert.

Albert sourit et s'exclame : « Merveilleux ! »

Albert, ayant maintenant bien compris que sa fin est inévitable, et inévitablement imminente, et en ayant bien assez vu de sa vie, se tourne vers une scène du futur qu'il imagine tout aussi vivement.

Un immense cercueil en acajou de Cuba orné de poignées dorées éclatantes qui devra sans aucun doute être fait sur mesure est au centre du tableau. Le cercueil surplombe un trou noir creux de six pieds et un peu plus grand que les dimensions du cercueil.

D'un côté du cercueil, il y a seulement trois personnes. Le père d'Albert (lui-même enterré dans un cimetière du bas de la ville depuis ad vitam aeternam), Lise, sa veuve, et le duc, pourquoi pas ? Le père d'Albert est vêtu de la même façon que la dernière fois qu'Albert l'a vu. Albert peut presque sentir l'odeur de pain qui vient de sortir du four et qui avait imprégné les pores de la peau de son paternel dès sa propre enfance. Lise porte une robe rouge et a le visage recouvert d'un filet qui cache son expression. Mais si elle relevait son filet, on pourrait bien voir qu'aucune trace de chagrin n'altère ses traits impassibles et que ses joues ne sont tachées d'aucune trace de mascara. Le duc, lui, dans son smoking, se concentre sur une vilaine peau qui entoure l'ongle de son majeur. Il interrompt sa concentration pour regarder les aiguilles de sa Rolex.

De l'autre côté du cercueil, un prêtre se bat avec le vent qui s'amuse à vouloir tourner la page de sa Bible par petits coups espiègles. Le prêtre abandonne la bataille, ferme le livre et récite alors d'un ton des plus solennels la prière qu'il connaît par cœur de toute façon.

« C'est à la sueur de ton visage que tu mangeras du pain, jusqu'à ce que tu retournes dans la terre, d'où tu as été pris ; car tu es poussière, et tu retourneras dans la poussière. Dans l'espérance certaine et assurée de la résurrection à la vie éternelle, par notre Seigneur Jésus Christ, nous recommandons – en quelque sorte – à Dieu tout-puissant, notre frère… Albert Montfort (ou est-ce Moinfort… ?) et nous confions son corps au sol en ce lieu de repos, la terre retourne à la terre, les cendres aux cendres, la poussière à la poussière. »

Une neige de poudre blanche aussi fine que la poussière à laquelle le corps d'Albert est voué à retourner commence alors à tomber du ciel. La poudre blanche recouvre lentement la surface du cercueil qui descend tranquillement dans la tombe où on va l'ensevelir à tout jamais. Une fois le cercueil disparu dans la fosse, les trois observateurs s'approchent du trou, regardent le cercueil du haut de la terre ferme sur laquelle leurs pieds sont plantés et chacun jette, dans un mouvement synchronisé, une grosse poignée de farine pour amorcer l'enterrement.

La neige de poudre blanche devient tellement dense qu'une blancheur pure remplit la vue d'Albert jusqu'à l'aveugler.

Albert, en ayant effectivement assez vu de l'héritage qu'il léguait derrière lui, cligna de l'œil droit, juste à temps pour laisser dévaler une larme unique qui en disait long. Aussitôt, le *bang bang bang* assourdissant de son cœur affolé se tut, enfin.

Le vent, lui, inconscient du fait qu'une de ses rares bourrasques de la journée avait été à elle seule responsable de la chute du personnage éminent qu'avait été Albert Moinfort, continua de souffler tranquillement dans les hauteurs.

從天而降的寶藏

Un trésor tombé du ciel

Un trésor tombé du ciel

Maurice, en vagabond digne de ce nom, vagabondait, accompagné de son imagination qui lui présentait sans souci pour l'ordre une succession de plats mijotés, de desserts alléchants, de bœufs entiers rôtis. À chaque apparition, son estomac signalait son envie en poussant une litanie de gargouillements qui se réverbéraient sur ses parois vides. Les rues de la ville étaient son domicile, les poubelles étaient son garde-manger. Aujourd'hui lundi, il allait chercher son petit-déjeuner dans son quartier préféré, celui où les bons restaurants s'agglutinaient. Son pas était nonchalant, il avait au moins trois heures d'avance sur les éboueurs.

Sa rêverie gastronomique fut coupée court lorsqu'il se heurta à un mur humain qui lui bloquait le passage. Un homme se retourna, grimaça et lui cracha :

« Regarde donc où tu vas… » et, après une hésitation de deux millisecondes pendant laquelle il se créa une première impression de Maurice basée sur ses cheveux gris sans coupe qui dépassaient de sa tuque à pompon rose, sur son long manteau imperméable beige sale trois tailles trop grand et sur son chandail de laine multicolore troué par les mites, pointa son exclamation de sa meilleure insulte : « … connard ! »

Maurice balbutia des excuses et se fraya un chemin parmi la foule de curieux qui s'ouvrait comme par magie à son odeur et/ou à sa vue, lui donnant enfin l'occasion d'assouvir sa propre curiosité. Le spectacle donna envie à son estomac de quitter momentanément ses talons.

Les mots « sauter », « immeuble », « suicide » étaient chuchotés en vagues d'échos parmi la foule.

« P'tite misère qu'y'en a su'a terre qui sont donc pas chanceux ! Le pauv', pauv' vieux ! » Comme tout le monde, Maurice n'avait pas pu s'empêcher de commenter.

Le cadavre, qui à peine deux minutes plus tôt avait été un homme, tout simplement, reposait dans une mare visqueuse qui s'élargissait à vue d'œil, forçant petit à petit la première rangée de l'attroupement à repousser ceux qui tentaient de voir par-dessus leurs épaules. On ne saurait dire s'ils voulaient préserver leurs chaussures ou s'ils avaient peur d'être contaminés par la mort. Les deux, probablement. Le mort, lui, contemplait le ciel comme s'il y voyait monter son âme, complètement inconscient du fait que son sang était en train d'envelopper le toupet blond-châtain qu'il devait avoir soigneusement collé sur son crâne chauve le matin même, et qui gisait maintenant inerte à ses côtés.

Des sirènes retentirent. Puis s'éloignèrent. On devait avoir abandonné depuis longtemps le registre des urgences dans la métropole. Lorsque des sirènes s'approchèrent enfin, il y avait déjà eu une rotation de spectateurs. Ils avaient des obligations et un horaire à respecter, après tout. Maurice, lui, n'ayant ni les unes ni l'autre, n'avait pas bougé. Les poubelles pouvaient attendre. D'autant plus que les cris de son estomac ne l'assourdissaient pas, pour une fois. Ce n'était pas un appétit pour le macabre qui le gardait aimanté sur place (ses lacets, tout comme le toupet du mort, macéraient à présent dans le sang), mais plutôt une compassion réelle pour la victime.

« La mort peut s'acharner autant qu'la vie pour nous rendre l'existence impossible », marmonna-t-il. Personne ne l'avait entendu, personne ne l'écoutait. De toute façon, ses marmonnements n'avaient du sens que pour lui.

« Allez, dégagez ! Dégagez ! Y'a rien à voir ! » cria soudain un policier qui devait être aveugle ; un cadavre bloquait la chaussée.

Il ordonna au vagabond de faire de l'air du bout de sa matraque qu'il agrippait de sa main droite, tout en priant une jolie jeune femme de passer son chemin d'un mouvement révérenciel de la main gauche.

Maurice obtempéra à reculons jusqu'à ce qu'un poteau sur lequel on avait tout récemment collé une affiche publicitaire pour une pièce de théâtre l'arrête. On pouvait lire sur l'affiche : *UN TRÉSOR TOMBÉ DU CIEL mettant en vedette Myriam Wilson – demain soir seulement. C'est un rendez-vous que vous ne voudrez surtout pas manquer.*

Maurice, adossé au poteau, observa toute l'opération de nettoyage qui dura plus d'une heure. Des policiers barricadèrent la scène à l'aide d'un ruban de plastique jaune barbouillé de noir. Des ambulanciers recouvrirent le corps qui ne devint plus qu'une masse corpulente qu'ils transférèrent tant bien que mal sur une civière. La civière fut ensuite roulée jusqu'à la gueule béante d'une ambulance où on l'enferma en claquant les portes. Maurice regarda le véhicule d'urgence repartir en silence. Il vit deux inspecteurs jumeaux identiques qui donnèrent brièvement l'impression à Maurice qu'il voyait double faire le tour de la foule, calepins et crayons en main. Les inspecteurs jumeaux parlaient avec deux hommes qui portaient des casques de sécurité blancs. Un des hommes maintenait son casque bien en place sur sa tête d'une main pendant qu'il regardait en l'air et pointait le ciel d'un long rouleau de papier. Les trois autres hommes du groupe suivirent du regard la direction indiquée par le bout du rouleau et semblaient contempler le ciel à l'endroit même où le mort avait regardé son âme monter un peu plus tôt. Un autre individu coiffé d'une drôle de casquette compatible avec son uniforme noir se tenait près du groupe. Il semblait partager sa concentration entre l'écoute clandestine de leur discussion et l'ingestion d'un sandwich qui parut des plus appétissants à Maurice. Maurice n'aurait su dire combien de temps s'était écoulé quand un pompier avait pris la relève pour faire disparaître le sang à l'aide d'un boyau à haute pression qui déversait un gallon d'eau à la seconde.

Et tout le monde était reparti ; les pompiers vers la prochaine urgence ; les policiers vers le prochain crime ; les piétons vers leur prochain rendez-vous. Ils marchaient tous sur la flaque d'eau qui avait remplacé la flaque de sang. Maurice vit même un homme mettre le pied dans un profond nid de poule qui avait été rempli par un des gallons d'eau et quoiqu'il se soit trouvé trop loin pour distinguer les paroles que l'homme articulait, il pouvait aisément imaginer l'essentiel du message.

La vie continuait.

Maurice avait toujours le dos appuyé contre le poteau, les pensées bien loin de ses plats mijotés ou de ses desserts alléchants. Il essayait de comprendre comment il aurait pu se préparer en se réveillant comme à chaque jour sur son banc de parc (même si le banc changeait régulièrement) à la tragédie qui allait se produire. Il avait beau chercher, rien n'aurait pu le préparer. Comment pouvait-on se préparer à être confronté à la mort ? Quoique chacun sache que la Faucheuse est perpétuellement à l'ouvrage, on ne pouvait pas se permettre de s'attarder à trop y penser. Maurice se disait que la gravité était bien dangereuse, et pas du tout discriminatoire.

Le poids d'un regard posé sur lui le tira de ses réflexions. Il cherchadesyeux ceux qui le fixaient et vit que ceux-ci appartenaient à une fillette encore trop jeune pour avoir appris à ne pas laisser transparaître ses critiques à travers ses pupilles. Les yeux déclaraient : « Tu es sale, tu es laid, tu es vieux et tu es mal habillé ». La femme qui se tenait à côté de la fillette se retourna pour voir ce qui semblait tant la fasciner. Mère et fille partageaient les mêmes yeux foncés remplis d'une critique décidément apparentée. Devant cette double déclaration silencieuse, Maurice baissa les siens, comme pour s'excuser d'être lui-même, comme il le faisait cent fois par jour. La mère tira alors sur le bras de la petite juge, emportant avec elles leurs jugements.

C'est les yeux toujours fixés par terre à un mètre devant lui qu'il reprit sa route vers son petit-déjeuner. Le sang qui avait coagulé sous ses semelles les rendait collantes. Son corps chétif lui semblait tout à coup encore plus lourd à porter. Il marcha délibérément dans une petite flaque d'eau et s'arrêta sur une grille d'aération du métro pour se racler les pieds. À ce moment-là, un train sous-terrain passa à une vitesse telle qu'une bouffée d'air chaud releva son imperméable à la façon de la célèbre photo de Marilyn Monroe. Mais un long gargouillement caverneux lui rappela qu'il avait beaucoup trop faim pour se prendre pour une vedette. Il vit un rectangle noir qui se balançait sur les barreaux de la grille et faillit ne pas y porter attention, mais ayant l'habitude de tout ramasser, il le ramassa et le fourra dans la seule poche intacte de son manteau. Et c'est les pensées au neutre qu'il continua de traîner ses bottes jusqu'à sa destination.

Il croisa le camion à ordures qui sortait de sa ruelle préférée, celle qui donnait accès à la cuisine du restaurant du *Gros Cochon* comme l'avait baptisé Maurice étant donné l'image qui arborait la porte d'acier grise d'où sortaient les délicieuses rognures mises au rebut. Ce n'était décidément pas une bonne journée. Les poubelles avaient été vidées de leurs trésors. Le camion à ordures lui avait sans vergogne raflé son pain quotidien.

Il donna un coup de pied peu convaincant à la caisse de lait de plastique bleue abandonnée dans le milieu de la ruelle. Il regretta aussitôt son geste colérique et rangea la caisse de plastique sur laquelle il s'assoyait souvent pour déguster ses exquises trouvailles contre le mur de brique de l'immeuble.

L'estomac décidément dans les talons, il se traîna les pieds jusqu'à une rue achalandée, s'assit à l'indienne sur le trottoir, retira la tuque rose à pompon qu'il avait trouvée abandonnée dans le parc la semaine précédente, et passa le reste de la matinée à se ruiner les babines sur son harmonica tout en regardant les jambes hypnotiques des passants passer de gauche à droite et de droite à gauche. De temps en temps, des jambes s'arrêtaient pour jeter quelques pièces dans l'orifice mendiant de sa tuque. Ça faisait treize fois et demie qu'il jouait la mélodie mélancolique d'*Imagine* de John Lennon quand une femme mince à l'air chic qui portait de longues bottes noires si brillantes que Maurice pouvait presque y deviner son reflet s'arrêta devant sa tuque. Le manteau rouge feu qui manquait à lui protéger les genoux était aveuglant. Sa bienfaitrice lui jeta assez de grosses pièces pour que la somme totale récoltée semble plus que suffisante à Maurice pour s'acheter quelque chose à manger. Il rangea donc son harmonica, emprisonna le fruit de sa musique quêteuse dans son poing, replaça avec gratitude sa tuque sur son crâne gelé et se rendit d'un pas d'affamé au dépanneur le plus proche qui allait le laisser entrer. En effet, son allure avait le pouvoir de lui fermer bien des portes, même celles qui sont censées être ouvertes à tout le monde. Les commerçants présumaient toujours qu'il n'avait pas d'argent sans pour autant supposer qu'il se mourait de faim. Parfois, même quand il leur prouvait qu'il pouvait payer, ils refusaient de le laisser entrer, comme si son argent était moins propre que celui de tous les gens propres. On lui disait qu'il faisait fuir la clientèle. S'il avait le pouvoir de faire fuir l'humanité, il se demandait pourquoi il avait toujours peur. Peur du présent. Peur du futur, sans que le futur ait besoin d'être plus éloigné que la nuit du lendemain. Il y avait bien juste le passé de sûr, mais le passé, il aurait bien aimé avoir le pouvoir de l'oublier.

Au premier dépanneur du coin, le commis était miséricordieusement occupé avec un client lorsqu'il entra. Ça aidait toujours quand le commis était occupé. Une bouteille de cola à la main, Maurice prit au hasard un sac de croustilles générique jaune en vente et se rendit vers la caisse en essayant de compter les pièces de monnaie qui composaient toute sa fortune, préoccupé qu'elle ne suffise pas à s'acquitter de ce qui allait constituer son prochain repas. Il entendit à peine une voix grave d'homme annoncer à la radio avec entrain :

Ce vendredi, le mégagros lot de la loterie est de soixante-neuf millions de dollars !

« Soixante-neuf millions de dollars ! » répéta le commis au client qui se trouvait devant lui avec tout autant d'enthousiasme, « je ne peux même pas imaginer ce que je ferais avec soixante-neuf millions de dollars ! Tous ces parfaits zéros… »

« J'ai une idée ou deux, moi », dit le jeune homme noir au beau profil en choisissant un paquet de gomme à mâcher qu'il posa sur le comptoir.

« Aucune chance de gagner sans billet… »

« C'est quand le tirage ? »

« C'est vendredi. »

« C'est trop tard…, mais OK, donne-m'en un, mais assure-toi qu'il soit gagnant ! »

Le commis rit de bon cœur à l'affirmation. « C'est 4,79 $. »

Maurice comptait.

Le jeune homme chercha de l'argent dans les poches de son gilet à capuchon et n'y trouvant pas le montant dont il avait besoin, il prit le sac à dos qu'il maintenait sur une épaule pour en fouiller une poche, ce qui donna le temps à Maurice de recommencer le compte de son argent.

Quand le jeune homme fourra enfin le billet de loterie et le paquet de gomme à mâcher dans la poche de son jeans et se dirigea vers la sortie, Maurice n'était toujours pas certain du montant qu'il avait, ni du montant dont il aurait besoin. Il s'approcha timidement du comptoir et laissa tomber d'un coup denrée et argent et se croisa inconsciemment les doigts.

« Pas de billet de loterie pour toi ? »

« Je digère pas très bien l'papier. »

Le commis acquiesça de la tête et sans un mot de plus prit les pièces qui payaient croustilles, cola et taxes et laissa un vingt-cinq cents, deux dix cents et trois cinq cents sur le comptoir. Soulagé de ne pas avoir à remplacer le sac de croustilles ou la bouteille de cola, ou encore pire, avoir à laisser derrière l'un ou l'autre, Maurice se battit pendant un moment avec la pièce de vingt-cinq cents qui semblait être aimantée à la vitre du comptoir, vitre bien propre qui protégeait des dizaines de billets de loterie à gratter multicolores et tous étampés d'une multitude de symboles de dollars dorés. Maurice, décidant d'abandonner la bataille, délaissa les pièces qui, de toute façon, auraient à peine suffi à payer les taxes de vente de ce qu'il aurait pu s'acheter (il pouvait bien le deviner, pas besoin de compter) – puisque tout ce qu'il avait habituellement les moyens de s'acheter à manger était taxable – et prit le sac de plastique que le commis lui tendait depuis cinq bonnes secondes.

Une fois de retour dans la ruelle du *Gros Cochon*, Maurice retourna la caisse de plastique bleue qui n'avait pas bougé de l'endroit où il l'avait rangée plus tôt et s'y assit pour déguster son premier repas de la journée. L'ouverture du sac de croustilles laissa échapper la moitié de son contenu pour épicer un instant l'air de la ville. L'arôme forte de sel et vinaigre qui atteignit son nez au passage le fit grimacer de déception. Malgré les tiraillements de la faim, il mangea lentement, devant diriger chaque croustille vers le côté droit de sa bouche, celui qui contenait encore quelques bonnes molaires. Chaque bouchée le faisait agoniser de douleur, le vinaigre brûlant au fur et à mesure les incisions que les rebords des croustilles creusaient dans ses gencives grugées par la gingivite. Aussi bien mâcher des lames de rasoir. Les bulles du cola apaisaient ses blessures tout en réveillant une incisive qui aurait mérité un traitement de canal. Mais toutes ces peines valaient bien le contentement de sa panse, où pas même un seul papillon n'aurait eu envie de virevolter.

Une fois rassasié, il plongea la main dans sa poche, à la recherche de son cure-dent. Au lieu de trouver l'instrument pointu, sa main entra en contact avec du cuir doux. Surpris, Maurice extirpa l'objet de sa poche et reconnut le rectangle noir qu'il avait ramassé quelques heures plus tôt dans la rue. C'était un portefeuille. Un beau portefeuille. Maurice l'ouvrit. C'était un beau portefeuille bien garni. Maurice en sortit une liasse de billets plus épaisse que le plus gros steak qu'il se souvenait avoir avalé. Il compta et recompta, se pinça (question de s'assurer qu'il n'était pas en train de rêvasser sur son banc), grimaça de douleur, puis recompta. Mais le compte restait le même : vingt billets tout neufs de cent dollars.

Il entendit un bruit qui lui fit lever brusquement le menton, juste à temps pour voir un rat dodu disparaître dans un coin sombre. Pris de peur pour sa nouvelle fortune, Maurice s'empressa de la remettre dans sa prison de cuir. Il fallait vite décider de l'endroit le plus sûr pour garder son trésor. Après mûre réflexion, il laissa tomber l'objet dans le col de son t-shirt. Le portefeuille avait été élevé au même rang d'importance que ses organes vitaux. Maurice gloussa. Jamais rien de si doux n'avait chatouillé ses côtes.

Il passa le reste de la journée à déambuler comme un somnambule, les bras fermement croisés sur sa poitrine. Il se faisait une liste mentale de la façon dont il allait dépenser son argent. Mais la liste était si longue et fluctuait à la seconde. Comment pouvait-on mettre ses besoins en ordre d'importance de façon optimale quand on avait besoin de tout ? Sa fortune était grande, certes, mais pas illimitée. Rien n'était illimité, sauf le malheur et la malchance peut-être, quoique la chance lui eût offert un rare et large sourire aujourd'hui. Il fallait en profiter mais une fois qu'il aurait dilapidé ce trésor tombé du ciel, il reviendrait à la case départ. Mais plus pauvre encore, parce qu'il aurait connu comment c'est d'être riche. Ce serait comme de se faire envoyer en prison sans passer *GO* ni réclamer deux cents dollars.

Lorsqu'il se rendit compte qu'il se trouvait dans le parc où il avait dormi la veille, il faisait noir depuis longtemps. Il avait enfin décidé qu'il voulait : 1. un T-bone saignant tellement gros qu'il déborderait d'une assiette (parce qu'il mangerait assis à une table, avec des couverts et des ustensiles) ; 2. une douche brûlante ; 3. un lit plein de couvertures lourdes ; et 4. des vêtements chauds, propres même. Restait à savoir quelle valeur monétaire attribuer à ses désirs puisqu'il ne fallait surtout pas oublier que, le lendemain, il ne resterait plus qu'un bon souvenir de l'assouvissement desdits désirs. La faim allait bientôt revenir lui gruger les entrailles, sa peau se couvrirait de sueurs, froides et/ou chaudes, les couvertures resteraient sur le lit sans que lui soit dessous et, sans qu'il sache trop comment, ses vêtements allaient inévitablement se salir.

Il choisit un banc pour s'asseoir et vida le reste de son sac de croustilles pour remplir le creux qui s'était recreusé dans son estomac. Et l'esprit embrouillé, le corps fatigué, il décida que la nuit lui porterait conseil. Pour protéger son portefeuille contre le monde, il le colla à son cœur et s'installa sur le côté en position fœtale. Il se trémoussa jusqu'à ce que le moins d'os possible soient écrasés par les barres de bois du banc, mit une main devant ses yeux pour les protéger de la lumière du lampadaire qui lui servait de veilleuse et eut la chance de s'endormir assez vite.

Le lendemain, la nuit avait en effet porté conseil à Maurice. Affamé, frigorifié, courbaturé, il résolut ferme que le souvenir de l'assouvissement de ses désirs valait bien tout l'or du monde, et même tout l'argent de son portefeuille. Il se cacha pour prendre un des billets de cent dollars qu'il enferma bien serré dans son poing et c'est d'un pas résolu qu'il se rendit jusqu'au premier bâtiment qui dégageait des odeurs de nourriture. La main un peu moins assurée que son pas, il ouvrit la porte et s'engouffra dans la chaleur du restaurant.

Il fut accueilli par la fragrance d'un petit-déjeuner anglais complet qui chatouilla ses narines. La combinaison de bacon fumé, de saucisses de porc décadentes, de cubes de pommes de terre parfaitement rôtis, d'œufs qu'on pouvait deviner miroitants et de café fraîchement filtré attaqua son nez dans une explosion olfactive. Il pouvait même discerner la douceur sucrée des tranches de tomates décoratives qui coloraient les assiettes. Maurice n'avait jamais mangé de petit-déjeuner anglais, mais à cet instant précis, on aurait pu le prendre pour Fred Caillou que Délima aguichait à l'aide d'une patte de brontosaure fumante. Il ferma les yeux un instant pour mieux savourer les effluves paradisiaques qui l'étourdissaient de convoitise. Ses glandes salivaires s'éveillèrent de leur hivernation pratiquement permanente et laissèrent s'échapper des flots de salive que Maurice avala aussitôt, déjà prêt à débuter le processus de digestion. Il rouvrit ensuite les yeux et souleva le menton pour mieux exposer ses narines frétillantes aux odeurs et les laisser le guider vers ce qui constituerait son prochain repas. Il vit un homme lécher le jaune d'œuf liquide qui s'agglutinait à son assiette à l'aide d'un morceau de rôtie triangulaire scintillant et engloutir le tout dans la caverne de sa bouche. Il vit un couple se disputer à propos d'un prétendu flirt sans porter aucune attention à la montagne de crêpes épaisses qui se trouvait entre eux. Les crêpes baignaient dans une mare de sirop doré et étaient couronnées d'un carré de beurre que Maurice pouvait voir fondre tranquillement. Il vit un autre homme qui portait des lunettes très noires planter sa fourchette dans une saucisse, libérant ainsi une giclée de jus qui tacha son gilet de laine jaune moutarde. Le chien qui était couché à côté de lui, museau sur patte, regardait Maurice d'un œil insouciant que Maurice envia. Alors qu'il s'apprêtait à avancer le pied droit, visant la première chaise libre, une serveuse qui devait faire justice à la bonne chair se planta devant lui.

« Si tu penses que j'suis d'humeur à faire la charité à'matin, pense encore ! » Elle lui bloquait le passage, les poings bien plantés à l'endroit où sa taille aurait dû se trouver.

« Mais j'ai d'l'argent ! »

« Oui, oui, c'est ça, et le poulet qui cuit dans mon fourneau a le bec plein de dents. »

Même si Maurice ne comprit rien du tout aux propos de la serveuse, il ne fallait pas avoir la tête à Papineau pour comprendre qu'elle n'avait pas du tout l'intention de le servir, lui.

Il pensa à insister mais avant qu'il puisse ouvrir la bouche, la serveuse avait commencé à crier le nom de Gary à répétition et Maurice décida qu'il serait probablement plus facile de tenter sa chance dans un autre établissement qui dégageait des odeurs de nourriture que d'attendre que l'invisible Gary apparaisse et lui montre le chemin qui le ramènerait sur le trottoir. Chemin qu'il connaissait trop bien.

C'est d'un pas un peu moins décidé qu'il se dirigea donc vers le prochain restaurant. Sa main tremblait perceptiblement lorsqu'il en tira la porte d'entrée.

Une fois de plus, la pièce était chaude ; une fois de plus, les odeurs étaient enivrantes ; une fois de plus ses glandes salivaires salivèrent, mais cette fois-ci, il garda les yeux bien ouverts, aux aguets pour la grosse serveuse qui essaierait de lui montrer la porte alors qu'il avait toujours l'estomac vide. Cette fois-ci, un gros serveur au tablier taché de condiments variés courut vers lui. Cette fois-ci, le serveur le crut quand il lui dit qu'il pouvait payer. Mais cette fois-ci, ses haillons n'étaient pas à la hauteur du code vestimentaire de l'établissement. Et encore une fois, Maurice se retrouva dans l'air glacial de la rue avant d'avoir eu le temps de se retourner, une grosse boule rigide et bien ancrée lui bloquant l'œsophage, le gardant bien de ravaler le goût amer qui remplissait sa bouche.

Il écrasa son nez sur la vitre du restaurant pour détailler les accoutrements des clients qui se gavaient, ne pouvant sentir rien d'autre que sa propre haleine fétide, et arriva à la conclusion que son argent et lui seraient les bienvenus s'il portait un jeans, un t-shirt, de préférence bleu, une casquette de baseball et des bottes à cap d'acier.

Son prochain arrêt devait donc être dans un magasin qui

présentait en vitrine des mannequins bien habillés qui affichaient un sourire éternel, prouvant ainsi qu'ils avaient la chance de ne jamais avoir à se soucier ni du froid ni de la faim. La belle vie, quoi ! Maurice marcha jusqu'à ce qu'il tombe face à face avec un des mannequins qui vivaient la belle vie en question et inspira une profonde bouffée de courage. Il étira les côtés du billet de banque qu'il tenait chiffonné dans son poing depuis près de deux heures déjà et le repassa du mieux qu'il put sur sa cuisse à l'aide du revers de sa main avant d'entrer. La clochette qui annonça son arrivée l'aurait effrayé suffisamment pour prendre ses jambes à son cou si ça n'avait pas été de son estomac qui lui commanda de ne pas se montrer si poule mouillée.

« Qu'est-ce que tu veux ? » lui demanda un jeune homme aux cheveux bleus dont le visage était percé de plus de trous qu'une passoire à spaghetti.

« Des vêtements. » Le regard circulaire qu'il porta autour de lui le rassura que la boutique vendait bien des vêtements. « Des vêtements, c'est ça que j'veux. », continua-t-il en secouant son billet de cent dollars à quelques centimètres des yeux du vendeur.

Le jeune homme (Justin, d'après sa plaque d'identité) grimaça de dégoût et repoussa le bras de Maurice du bout de son index.

Maurice, découragé, laissa tomber ledit bras et balbutia : « J'peux payer. » Il y avait plus qu'une trace de supplication dans sa voix, et le vendeur ne put faire autrement que de la percevoir, mais il était surtout préoccupé par sa patronne qui faisait les comptes dans l'arrière-boutique et par l'engueulade qu'il recevrait si elle voyait le clochard dans son magasin.

« Peut-être, mais tu pues, tu ne peux rien essayer, tu vas tout salir. Et, bien sûr, pas d'échange ni de remboursement. Dépêche-toi de me dire c'que tu veux et dans quelle taille, paye, et fous l'camp. »

Maurice, qui trouvait sa garde-robe de saison au même endroit où il trouvait la majorité de ses repas, et dont les pantalons s'accrochaient à son bassin à l'aide d'un bout de corde à linge, resta interdit par la question. Il regarda autour de lui, à la recherche d'une main secourable qui lui chuchoterait à l'oreille quelque chose d'intelligent à bredouiller, n'importe quoi, avant que –

La clochette sonna soudain à nouveau et une adolescente qui, d'après son allure, aurait pu être la petite sœur de Justin, entra dans le magasin, entourée d'une aura que Maurice ne put que reconnaître que pour ce qu'elle était, une simple assurance. Elle était entrée dans la boutique comme si celle-ci lui appartenait.

Justin lança un regard qui en disait long au clochard et se dirigea vers sa cliente potentielle, muni de son plus beau sourire de vendeur à commission. « Est-ce que je peux t'aider ? »

La jeune fille, qui à ce moment précis aurait dû être assise dans un cours de trigonométrie et qui n'avait pas un sou dans les poches de son jeans aussi troué que le visage du vendeur, regarda le clochard de travers, et entre deux mâchées de gomme, proclama qu'elle « faisait juste regarder ».

Sitôt dit, on entendit de la paperasse brasser dans l'arrière-boutique et une chaise râper le plancher, ce qui fut suffisant pour que Maurice se retrouve une fois de plus dans la rue à contempler les mannequins qui le narguaient de l'intérieur.

L'heure du lunch était passée depuis belle lurette quand

Maurice se décida à aller chercher son petit-déjeuner dans ses poubelles habituelles. Les doigts croisés, billet de banque toujours accordéoné dans son poing, il se rendit à la septième rue après son parc, plus précisément jusqu'à la troisième maison à droite. C'était à cette adresse qu'habitait la famille Pizza (ainsi baptisée par Maurice, faute de connaître leur vrai nom). Les Pizza, soit la maman Pizza, le papa Pizza, et les trois petits Pizza, caractérisés par une corpulence homogène, avaient la pizza garnie, extra pepperoni, extra fromage, comme mets de prédilection. Tous les mardis, ils empilaient donc sur le trottoir une douzaine de boîtes de pizza extralarge remplies de leurs restes, qui habituellement étaient composés d'une croûte ou deux, et si la chance était de son côté, d'une pointe à peine grignotée.

Les boîtes, dix pour être plus précis, étaient effectivement empilées sur le trottoir. Maurice mit donc son rituel en marche. Il se cacha derrière le jeune chêne qui poussait tant bien que mal dans son enclot de deux pieds carrés percé dans le béton qui se trouvait de l'autre côté de la rue de la pile de boîtes convoitées. Il regarda la maison de la famille Pizza en quête de mouvements, mais ne put rien détecter. Il regarda autour de lui pour s'assurer qu'aucun regard indésirable n'allait se poser sur lui et c'est alors qu'il s'apprêtait à mettre un pied devant qu'il vit la porte d'entrée de la maison voisine des Pizza s'ouvrir.

Maurice ramena son pied et se tint bien raide de côté derrière le jeune chêne dont la circonférence du tronc pouvait cacher quasi parfaitement la silhouette de son profil, et retint sa respiration. Il regarda une vieille femme sortir de la maison. Elle referma la porte derrière elle, prit son trousseau de clés, chercha la bonne clé, l'inséra dans la serrure et ferma la porte à clé. Elle se retourna, commença à lentement descendre les escaliers, se ravisa, retourna à la porte (Maurice reprit une bouffée d'air), et vérifia que la porte était bel et bien verrouillée, deux fois. Lorsque la vieille femme atteignit enfin le trottoir, Maurice put voir qu'elle était précédée par un chihuahua qui portait un chandail à motifs qui ressemblait étrangement au sien – mis à part les trous de mites – et qui traînait sa maîtresse par le bout de sa longue laisse. Maurice n'avait eu d'autre choix que de suivre la progression du canin miniature et de la femme qu'il menait. Elle était lente. Si lente que Maurice n'avait eu d'autre choix que de se remettre à respirer.

Maurice vit que le chihuahua reniflait à présent le sol en direction de son déjeuner (ou souper à ce rythme-là !) et n'arrêta de tirer sur sa laisse que lorsqu'il arriva à *sa* pile de boîtes. Le petit chien inspectait maintenant de son museau mouillé les contenants du prochain repas potentiel de Maurice. Mais puisque la femme s'apprêtait à le rejoindre et que rien ne semblait être digne de lui, il releva la tête et, avant de reprendre son chemin, proclama son dédain en levant sa minuscule patte arrière pour asperger les deux boîtes de pizza du bas d'un jet d'urine.

Maurice soupira de soulagement. Il savait très bien que même s'il y avait eu des croûtes dans ces boîtes, celles-ci auraient été les plus rassies et que sa dentition pourrie ne lui aurait aucunement permis de mordre dedans. Et, ça aurait pu être pire ; la vieille femme aurait très bien pu être traînée par un dogue allemand !

Le jour baissait. L'automne était de loin sa saison préférée étant donné la brièveté des journées. Il lui était plus facile de rester incognito dans la noirceur qui embrouillait tout ce qui le faisait pointer du doigt à la lumière du jour. Il pouvait donc se promener dans les rues de la ville avec une aura qui ressemblait un peu à celle de la petite sœur du vendeur de vêtements. L'automne chassait les chaleurs humides de l'été qui le faisaient souffrir d'insomnie en plus d'accélérer la putréfaction de toute matière organique, comme les croûtes de pizza. En automne, l'air ambiant devenait son réfrigérateur personnel. En hiver, son réfrigérateur se transformait en congélateur.

Quand le chihuahua et sa maîtresse finirent par disparaître au coin de la rue, c'était enfin l'heure de casser la croûte, littéralement. Il n'avait pas fait deux pas dans la direction des boîtes qu'il entendit un crissement de pneus avant même de voir les phares de la voiture qui fonçait droit sur lui. Maurice, aussi paralysé qu'un chevreuil mis dans la même position vit l'expression du conducteur de la berline noire passer de la neutralié banale à la surprise totale, et ce au ralenti. Lorsque la voiture s'immobilisa, le pare-choc frôlait ses pantalons. Maurice s'empêcha de tomber en posant ses deux mains sur le capot brûlant. Le chauffeur et lui se regardèrent dans les yeux plusieurs secondes pendant lesquelles leurs deux cœurs battaient de concert au rythme presto de l'*Estate* des *Quatre saisons* de Vivaldi, un tsunami d'adrénaline leur servant de chef d'orchestre. Maurice sursauta lorsque le klaxon fit vibrer le capot sous ses mains, enterrant subito la musique cardiaque qui les avait unis l'espace d'une mesure, le chauffeur et lui. Maurice finit de traverser la rue et la voiture poursuivit son chemin. « Ce serait vraiment le comble des combles de m'faire tuer avant même d'avoir réussi à dépenser un seul sou de ma fortune ! » se dit-il en commençant à fouiller les rebus des Pizza. Il mit les trois croûtes qui étaient dans les deux boîtes du dessus dans sa poche et trouva une pointe entière dans la quatrième boîte. Une pointe entière, sans même une seule marque de dents. En prime, il ne fut chassé par personne.

Le forage des boîtes fut de loin son entreprise la plus réussie de la journée. Il commença à gruger une croûte et décida de sortir du quartier résidentiel pour déguster sa pointe toute neuve. Arrivé à un endroit assez tranquille, il s'assit dans l'ombre de la porte d'un magasin abandonné, une ancienne boulangerie si on en croyait les dessins qui se cachaient derrière les graffitis de la devanture. Il détailla la garniture de sa pointe de pizza, enleva un morceau de poivron vert et prit une première bouchée. De l'autre côté de la rue, il y avait un théâtre tout illuminé. Les portes étaient surplombées de gros caractères noirs que Maurice fixait à s'en froncer les yeux…

從天而降的寶藏
主演米里亞姆·威爾遜
僅限今晚[1]

… et entendit sa défunte mère lui dire à l'oreille, aussi clairement que si elle avait été assise par terre à côté de lui :

« T'es un accident qui m'coûte cher, Maurice. Si au moins t'aurais pu m'faire vivre pendant mes vieux jours. Mais non, il fallait qu'tu sois idiot, même pas foutu d'apprendre à lire comme tout l'monde. »

---

1   Chinois pour : Un trésor tombé du ciel – mettant en vedette Myriam Wilson – ce soir seulement

Trois jeunes gens sortirent alors du théâtre et chacun alluma une cigarette. Maurice fut bien content de la distraction.

« C'est un concept tellement original ! » s'exclama une des deux jeunes filles dans une longue expiration fumante.

« Je suis très impressionné par l'actrice. C'est quoi son nom déjà ? Mireille Wilson ? » continua le jeune homme.

« C'est *Myriam* Wilson. T'es sûr que c'est juste son talent qui t'impressionne ? C'est pas sa tignasse blonde ? De toute façon, je suis sûre que c'est une perruque. Personne n'a des cheveux naturels comme ça », dit l'autre jeune fille qui semblait rire jaune.

« Mais bien sûr ! C'est son premier rôle principal. Je prédis qu'elle aura une brillante et très longue carrière devant elle. »

« Ben moi, je prédis que l'entracte est fini. On rentre, on s'les gèle. Je dois vraiment arrêter de fumer. » Elle écrasa sa cigarette et tira sur le bras du jeune homme.

Et les trois jeunes gens disparurent à nouveau dans la chaleur du théâtre.

Maurice les envia pendant une seconde. Il envia leur camaraderie, leur conversation, leur insouciance, le siège moelleux du théâtre qui leur était personnellement réservé. Il envia même leurs cigarettes. Mais, surtout, il envia la chaleur dans laquelle ils venaient de s'engouffrer. Il secoua la tête, avala sa dernière bouchée, se leva, regarda la croûte qui restait de sa pointe de pizza et la mit dans sa poche avec les autres ; il grelotta des pieds à la tête, enfonça sa tuque davantage sur son crâne et ferma son manteau bien serré sur sa poitrine, ce qui eut pour effet de faire frotter le cuir du portefeuille sur son nombril, question de lui rappeler son existence. Et bien que Maurice laissait rarement son imagination le mener dans de douces rêveries, le retour à la réalité étant invariablement trop douloureux, cette fois, juste cette fois, il lui laissa volontiers libre court, puisqu'il en avait les moyens.

« Maurice, son imagination lui affirma-t-elle, tu pourrais te louer une chambre d'hôtel, t'en as les moyens… », lui avait-elle répété. « Dans ta propre chambre d'hôtel, loin de tous les regards critiques, tu pourrais enlever ton manteau… » et elle laissa sa phrase inachevée pour commencer à jouer l'air de *You Can Leave Your Hat On*, à l'harmonica, bien sûr.

Et ce fut suffisant pour que Maurice se voie entrer dans une chambre au décor pareil à celui qu'il avait déjà vu dans un vieux film d'épouvante en noir et blanc. Il se souvint que le film l'avait terrifié, surtout la scène de la douche, mais il repoussa cet aspect du souvenir dans les tréfonds de sa cervelle pour qu'il aille rejoindre tous les autres souvenirs terrifiants du genre qui avaient parsemé sa vie, et il commença à procéder à l'amputation mentale de ses vêtements qui, depuis le temps qu'il les portait, devaient s'être collés à sa peau.

L'effeuillage serait jouissif.

Il se vit débarrasser ses épaules de la lourdeur de son long manteau imperméable dont la mince épaisseur, d'ordinaire si appréciée, serait devenue accablante en l'isolant de la chaleur du calorifère. Le manteau glissa lentement sur toute la longueur de ses bras et alla joncher le sol dans un amas informe. Il se vit ensuite croiser les bras devant lui pour prendre les rebords de son chandail de laine et monter les bras, créant ainsi une mélodie d'électricité statique qui servit d'accompagnement à l'harmonica alors qu'il le séparait de son t-shirt. Son geste révéla petit à petit le portrait jaune parfaitement circulaire du bonhomme sourire si bien connu. Le coin de son sourire filiforme avait été taché de Ketchup, écoulé d'un Quart de livre avec fromage que Maurice avait fini de digérer au printemps dernier. *Commencez votre journée avec un sourire !* recommandait le bonhomme, pas que Maurice ait jamais pu suivre sa recommandation. Une fois le col du chandail passé au-dessus de sa tête, Maurice en libéra vite ses bras et le lança dans le coin de la chambre comme s'il s'était agi d'une lourde balle de baseball. Il dénoua ensuite la corde jaune qu'il avait glissée dans les ganses de ceinture restantes de son pantalon il y avait de cela si longtemps. Celui-ci tomba aussitôt autour de ses chevilles. Il s'extirpa de son t-shirt exactement de la même façon qu'il avait enlevé son chandail, laissant dans l'action l'opportunité à ses trois poils de poitrine de s'étirer de tout leur long avant de se recroqueviller à nouveau. Et après avoir fait tournoyer son t-shirt cinq fois dans les airs comme un lasso de cowboy, il se vit le laisser s'envoler pour aller rejoindre son compatriote dans son coin. Un voyeur aurait pu compter chacune des côtes de Maurice et constater de ses propres yeux que la corde à linge jaune avait en effet dû maintenir son pantalon ancré autour de son bassin depuis vraiment longtemps étant donné la ligne cicatrisée épaisse et brunâtre qui faisait toute la circonférence de sa taille. Il se traîna les pieds jusqu'au lit sur lequel il s'assit, faisant abstraction du grincement de désapprobation du matelas sous son poids. Il donna vite des coups de pied énergiques qui suffirent à faire voler bottes et pantalon. Il inséra son index droit dans le trou du gros orteil de sa chaussette gauche et tira dessus pour l'enlever, et fit de même pour sa jumelle, mais à l'aide de son autre index. Pendant toute la scène jusque-là, il avait gardé les yeux fermés, comme pour mieux savourer les caresses de la liberté procurée par les quatre murs qui l'entouraient, bercé par l'assurance que le placoplatre du plafond empêcherait le ciel de lui tomber sur la tête. L'air masserait ses muscles émaciés, prenant soin que ses courbatures ne reçoivent qu'un léger effleurement thérapeutique.

Il prendrait ensuite une douche, chaude, à moins qu'il puisse se payer le luxe d'un bain, bouillant, dans lequel il se laisserait flotter jusqu'à ce que sa peau ratatine. Il se frotterait de la tête aux pieds et des pieds à la tête et ainsi de suite jusqu'à ce que la pellicule épaisse qui enveloppait son corps entier se dissolve et disparaisse à jamais dans le trou de la baignoire avec l'eau rendue opaque. Un homme méconnaissable émergerait du bain.

C'est toujours nu qu'il se réfugierait sous les épaisses couvertures du grand lit, écarterait ses membres, et savourerait le plaisir de sentir le matelas l'accepter et se façonner pour longer sa colonne vertébrale. Bien sûr, son sommeil serait de plomb, sans que des cauchemars viennent torturer son esprit. Quelques siècles plus tard, alors qu'il aurait rattrapé le sommeil qu'il avait perdu au cours de la dernière décennie, il se réveillerait, tout seul, tout naturellement ; ni la pluie, ni les intempéries, ni même le soleil ou les klaxons ne serviraient de réveil-Maurice. Maurice serait un homme des plus comblés…

Et c'est ainsi qu'avec les dernières mesures de l'air à l'harmonica, son imagination conclut : « Mais, bon sang, Maurice ! Qu'est-ce que t'attends, mon pauv' vieux ? »

Dès lors, sa mission fut de dénicher un hôtel. Il aurait aussi bien pu se retrouver dans un épisode de *Mission impossible*.

Il se mit à marcher vers les rues commerciales et aperçut alors une ombre qui se dirigeait dans sa direction. Maurice s'arrêta, se colla le dos à l'immeuble qu'il longeait et observa attentivement l'ombre qui grossissait. Lorsque la silhouette passa sous un lampadaire, Maurice put constater que c'était un homme qui portait un manteau de cuir vert avec un col de mouton qu'il avait remonté au-dessus de ses oreilles. Il avait les mains bien enfoncées dans les poches de son manteau et les épaules tellement remontées que son cou disparaissait. Que cette crispation soit due au froid ou au stress n'avait vraiment pas d'importance ; l'homme savait probablement où il pourrait trouver une chambre d'hôtel et, sans réfléchir davantage, Maurice se planta devant lui pour lui bloquer le passage alors qu'il était sur le point de le dépasser.

L'homme s'arrêta net, le regarda impassiblement de ses yeux bleus délavés et s'apprêtait à le contourner quand Maurice retrouva sa langue :

« Un hôtel, où ? »

« Pardon ? »

« Où il y a un hôtel ? »

« L'avenue de l'Eldorado est pleine d'hôtels. » Et l'homme le contourna aussitôt pour poursuivre son chemin avant même que Maurice ait pu trouver d'autres mots à balbutier.

L'avenue de l'Eldorado est pleine d'hôtels ! Ça ne l'avançait à rien. Maintenant, au lieu de chercher un hôtel, il fallait qu'il cherche le chemin qui le mènerait à cet Eldorado. Le découragement le gagnait. Il se trimbalait avec plus d'argent qu'il aurait osé en rêver et il était si près du but. Mais cette avenue de l'Eldorado aurait tout aussi bien pu être à l'autre bout du monde, perdue au milieu des cocotiers, qu'il n'aurait pas été plus avancé.

« T'es un vaurien, Maurice. » La voix de sa mère venait

toujours le hanter quand il était déprimé, comme pour achever de l'abattre.

Il continua de marcher pendant longtemps, comme s'il était déterminé à fuir son existence. Le bout de ses bottes méritait toute sa concentration quand il rentra dans une femme miniature qui vacilla un instant sur les aiguilles de ses talons en se raccrochant à toutes les insultes contenues dans son vocabulaire, qui était, on doit le dire, des plus riches. Maurice courbait l'échine davantage à chaque insulte reçue. Une fois son calme et sa dignité recouvrés, la femme alla se réfugier dans un bâtiment surplombé d'une enseigne lumineuse, traînant derrière elle une immense valise.

Le chauffeur de taxi qui l'avait déposée ferma le coffre de sa voiture en riant dans sa barbe, ce qui laissa la fumée de sa cigarette s'échapper par à-coups par une seule de ses narines.

Maurice se risqua. « C'est où l'avenue de l'Eldorado ? »

« Eldorado ? » Le chauffeur prit une bouffée de cigarette. « T'as les deux pieds dedans, mon vieux. »

Un sourire éclaira le visage de Maurice, comme s'il avait voulu rendre à la chance celui qu'elle venait enfin de lui offrir. Il pouvait presque sentir la fraîcheur des draps propres contre sa peau. Il ne restait plus qu'à sélectionner un hôtel dans cette avenue pleine d'hôtels. Il décida d'omettre celui dans lequel la femme au vocabulaire coloré venait d'entrer et se dirigea vers la prochaine porte éclairée aux néons.

Son sourire ne l'avait toujours pas quitté quand il demanda une chambre au réceptionniste.

Le réceptionniste, qui devait encore s'asseoir sur des bancs d'école, dévisagea le sans-abri et prit sa demi-seconde pour s'en forger une première impression. Il récita :

« On n'est pas un asile, on est un hôtel trois étoiles. Nos chambres ont toutes des bains podium et la télévision avec câble. »

« C'est en plein c'que j'veux », dit Maurice en montrant son billet de banque à l'adolescent.

En voyant que le billet de banque était un billet de cent dollars, le réceptionniste hésita, sembla désemparé un instant, se retourna et cria « p'pa ! » dans l'embrasure de la porte ouverte derrière lui.

Une grosse toux précéda un « quoi ? » éraillé.

« J'ai besoin de toi ! »

Puis on entendit le plancher craquer. La voix qui s'approchait de la réception se demandait quand elle pourrait bien regarder son match de hockey en paix.

« Qu'est-ce qu'y'a encore ? » La question resta accrochée aux lèvres du père du réceptionniste quand il aperçut Maurice et son accoutrement.

… et c'est le but !!!

« On n'est pas un asile. On est un hôtel trois étoiles », dit le père à l'intention de Maurice qui n'avait pas bronché.

« C'est en plein c'que j'veux », répéta Maurice en remuant son billet de banque.

« Veux-tu ben m'dire où une pauv' cloche comme toi a pu trouver cent dollars ? »

Maurice fit disparaître son sourire. « Je l'ai trouvé. »

« Tu l'as trouvé, hein ? J'imagine que ta main l'a trouvé dans la poche d'un bonhomme riche. Hein ? » Et avant que Maurice ait pu nier l'accusation, l'hôtelier poursuivit : « Et tu penses que j'vais loger un criminel, hein ? »

Maurice resta silencieux.

« C'est ça, hein ? Tu penses que j'vais loger un voleur qui va partir en douce avec la télécommande, les serviettes, et pourquoi pas la Bible et les p'tits savons ? C'est ça, hein ? »

Maurice, qui avait regardé la télévision pour la dernière fois du temps où il fallait se lever si on voulait savoir ce qui passait à l'autre chaîne, qui n'avait pas de commode pour ranger des serviettes, qui était analphabète, et qui n'était pas au courant que les hôtels fournissaient des p'tits savons qu'il aurait pu dérober, était quelque peu hébété par les propos de l'hôtelier.

« Allez, tu déguerpis et tu restes loin d'mon hôtel ou j'appelle la police. Tout c'que tu mérites, c'est qu'on t'mette à l'abri avec les énergumènes de ton espèce », menaça l'hôtelier en soulevant déjà le combiné du téléphone.

Il n'en fallut pas plus à Maurice pour qu'il prenne ses jambes à son cou et qu'il coure jusqu'à ce que l'avenue de l'Eldorado soit hors de sa vue. S'il avait su qu'en prison, il aurait été nourri, logé, soigné pour tous ses maux et ses bobos, éduqué gratuitement même, il n'aurait probablement pas eu autant le feu au derrière devant la menace de l'homme. Ce soir-là, du moins. Car la température semblait descendre en chute libre. La nuit serait glaciale.

Maurice ne sentait pourtant pas le froid. De la sueur perlait à son front lorsqu'il se risqua à s'arrêter de courir. Les mots *criminel* et *voleur* s'alternaient dans son esprit au rythme accéléré de son battement de cœur et les définitions qu'il leur connaissait l'étourdissaient au point de faire remonter sa pointe de pizza. L'accusation le faisait frémir. Il n'avait jamais rien volé de sa vie. Il n'était pas fait du même acabit que les hors-la-loi.

Ça expliquait peut-être pourquoi il avait passé les dernières décennies à hanter des rues de villes.

Il fut alors atterré de constater qu'il n'avait jamais tenté de découvrir qui avait perdu *son* portefeuille, à qui *appartenait* vraiment le portefeuille. Cette omission faisait peut-être de lui un voleur ? Cette nouvelle pensée lui donna l'envie irrésistible de fouiller le reste du contenu du portefeuille. Il se rendit donc à un banc de parc qui était éclairé par un lampadaire et procéda à l'évidement du portefeuille opulent qui détonnait entre ses mains piteuses. Il en sortit une ribambelle de cartes de plastique sur lesquelles étaient gravés de longs numéros, et les mit de côté. Puis, il trouva enfin ce qu'il cherchait, une carte avec photo. Celle-ci montrait un homme. Maurice rapprocha la carte de ses yeux pour examiner de près les petits traits, la bouche, le nez, les yeux, le triple menton, les cheveux… et reconnut l'homme qui était tombé du ciel la veille. Son crâne, entouré d'une couronne de cheveux la veille, était entièrement chevelu sur la photo, mais Maurice avait bien vu la touffe de cheveux blonds (ou était-ce châtains ?) qui avait atterri à côté du cadavre. C'était bien lui. Il n'y avait aucun doute. Depuis près de deux jours, il se promenait avec la propriété d'un mort, en essayant de dépenser de l'argent qui n'était pas le sien. Dégoûté de lui-même, il décida aussitôt qu'il faudrait qu'il rende à César ce qui appartenait – ou plutôt avait appartenu – à César puisqu'il y avait sûrement une veuve quelque part qui aurait besoin de cet argent pour l'aider à nourrir ses petits César. Il ne lui restait plus qu'à découvrir comment s'appelait le César en question. Et son adresse.

Plus que jamais, il aurait voulu pouvoir déchiffrer les petits symboles qui jouxtaient la photo. Il savait que toutes les informations dont il avait besoin se trouvaient là, juste sous son nez, dans les mots formés par les lettres. Mais il avait beau les fixer avec intensité, ceux-ci demeuraient pour lui aussi inintelligibles que s'ils avaient été écrits en chinois.

Sa dyslexie (parce que Maurice n'était pas idiot, il était seulement atteint d'une dyslexie qu'on n'avait pas pris la peine de diagnostiquer) continuait de le mettre au ban de la société. Malgré tout, il pensait dur comme fer que sa mère, ses professeurs, le monde entier avaient eu raison de le traiter d'imbécile, car Maurice, n'ayant aucune confiance en lui, avait trop confiance en l'opinion des autres.

Pour savoir où avait habité le défunt à qui avait réellement appartenu le portefeuille, et les vingt billets de cent dollars, Maurice n'aurait d'autre choix que de se fier aux dires d'un inconnu, puisqu'il ne connaissait personne. Mais quel inconnu ? Le choix s'avérait difficile quand on venait de passer la journée à se faire bousculer, rabrouer, accuser par des inconnus. On le traiterait sans doute de voleur une fois de plus.

Il étira le billet de cent dollars qu'il avait tenu dans son poing toute la journée. Le billet, qui le matin même avait été aussi neuf que les dix-neuf autres emprisonnés dans le portefeuille, semblait maintenant avoir subi autant de vécu que lui. Dans le coin supérieur gauche du billet, juste à côté du 100, il y avait une tache de sauce à pizza qui, si on fronçait un peu les yeux, donnait l'impression d'être en forme de cœur. Maurice replaça toutes les cartes dans leur prison de cuir et replaça son billet de cent dollars avec les dix-neuf autres. Il referma le portefeuille et le relaissa tomber dans le col de son t-shirt.

Découragé, désillusionné, désespéré, il s'étendit sur le banc, sur le côté, en position fœtale, les mains entrelacées devant sa bouche. On aurait pu penser en le voyant qu'il était perdu dans une prière silencieuse, mais, en fait, son but était uniquement de laisser son haleine réchauffer ses mains gelées. Maurice avait abandonné les prières depuis longtemps. Il était venu à la conclusion que la seule solution à son problème serait de s'arranger pour perdre ce qu'il avait trouvé. Ce que sa conscience lui dictait, il n'avait pas la capacité de le réaliser. Il n'aurait jamais cru que la fortune le rendrait aussi malheureux.

Une étoile filante croisa alors la largeur du ciel de gauche à droite, mais Maurice ne la vit pas, et ne fit donc aucun vœu. De toute façon, personne n'avait jamais pris la peine de l'éduquer sur cette pratique qui, quoique superstitieuse, peut faire du bien en faisant rêver à de meilleurs lendemains.

Le lendemain, on pouvait lire dans tous les journaux qu'on avait battu un record de froid vieux de cinquante ans, mais on ne mentionna nulle part que le cœur d'un vagabond de cinquante-quatre ans prénommé Maurice, abandonné par la chaleur humaine vitale à la subsistance de l'espèce, avait décidé qu'il s'était assez battu.

LA FAUCHEUSE
À
L'OUVRAGE

ligne 3

La Faucheuse à l'ouvrage

« J'te jure que ces deux-là vont finir par s'entretuer. »

L'agent Martin et l'agent Roy de la police métropolitaine discutaient de la chicane de ménage qu'ils venaient d'arbitrer.

« Ça m'étonne que ce ne soit pas déjà fait. Tu l'as vu, lui ? On aurait dit qu'un chat l'avait pris pour un divan et s'était fait les griffes dessus. »

« Ou plutôt une chatte en chaleur, oui ! »

Les deux hommes éclatèrent de rire. Il valait mieux en rire que d'en pleurer.

L'éclat fut coupé court par un « merde » lâché par l'agent Martin qui venait de se renverser une lampée de café bouillant sur la cuisse. L'agent Roy avait dû freiner sec pour éviter de renverser un piéton.

« Arrête, Roger, que je lui colle une contravention. Le passage pour piétons est à dix mètres. »

L'agent Martin regardait l'adolescent contrevenant d'un œil mauvais.

« Calme-toi donc Marcus. Tu demanderas à ta femme qu'elle te la soigne, ta cuisse. »

La proposition sembla apaiser les douleurs du policier.

Ils continuèrent de rouler en silence. Leur voiture de patrouille suivait la cadence de la circulation de ce mercredi matin. Rouler un mètre, freiner, arrêter quinze secondes, rouler un autre mètre, freiner à nouveau, arrêter un autre quinze secondes, et ainsi de suite jusqu'à ce que tous les travailleurs soient rendus à leur destination respective.

Marcus sirotait son café fumant en regardant les piétons frigorifiés se presser sur les trottoirs. Chacun avait de grands traits de vapeur qui marquaient leur respiration. Les arbres étaient dénudés. L'herbe était blanche de gelée. Les pare-brise des voitures stationnées étaient opaques. Il pensa à sa femme et combien il aurait aimé rester sous les couvertures à se coller contre son corps ce matin au lieu d'aller se les geler pour servir la loi. Mais les criminels ne prenaient jamais de relâche, pas même les jours de grand froid.

« On est pris dans ce maudit trafic à tous les maudits matins », déclara Roger. « Tu sais qui a gagné la partie de hockey hier soir ? »

Marcus secoua la tête et alluma la radio. Un homme et une femme discutaient.

— T'es allée voir la pièce de théâtre Un trésor tombé du ciel *hier soir ? C'était comment ?* demanda l'homme.

— Non, je n'y suis pas allée finalement. Il faisait beaucoup trop froid. J'ai allumé mon premier feu de foyer de la saison et je me suis collée avec mon chien sur le divan.

— Oui, il paraît qu'on a battu un vieux record de froid

pendant la nuit.

— En effet, je n'aurais jamais, au grand jamais, laissé mon chien adoré coucher dehors dans cette température.

Au moment où Roger s'apprêtait à traverser la rue au feu vert, Marcus éteignit la radio et lui ordonna de tourner à droite.

« Pourquoi ? »

« Tourne, je veux vérifier quelque chose. »

« OK, patron, tes désirs sont des ordres ! » Et il tourna à droite.

Roger stationna la voiture à l'endroit que Marcus lui indiqua.

« Mais qu'est-ce que tu fais ? Tu veux aller te balader dans le parc ? »

Marcus avait mis sa casquette et enfilait ses gants. Il ouvrit la portière. « Cherche le résultat du match de hockey et attends-moi, ce sera pas long. » Il n'entendit pas son coéquipier lui dire de prendre son temps puisqu'il avait déjà refermé la portière derrière lui.

En traversant le parc, l'agent Martin pouvait voir le pompon rose qui lui prouvait que la personne qui avait inconsciemment suscité son intérêt ne s'était pas volatilisée. C'était de mauvais augure. Lorsqu'il contourna le banc et qu'il vit le sans-abri, il sut tout de suite que son instinct policier, toujours aux aguets, avait vu juste. L'homme était couché sur le côté, les mains jointes à la hauteur de la bouche, les genoux repliés, comme s'il avait essayé de finir ses jours comme il les avait commencés, en position fœtale.

On aurait pu le croire profondément endormi, si ça n'avait pas été de la fine couche de gelée qui recouvrait autant son corps que le banc et de l'aspect cireux de la peau de son visage. Il ne fallait pas être médecin légiste pour conclure que l'homme avait basculé dans le trépas.

Marcus sentit le froid le pénétrer jusqu'à la moelle et poussa un soupir dont on pouvait témoigner de la profondeur par le long tourbillon de vapeur d'eau condensée qui s'échappa de sa bouche. Contrairement à certains de ses collègues, et malgré ses deux années de vaillant service dans les forces policières, les cadavres continuaient de lui donner la chair de poule. Mais, comme on le lui avait souvent répété, il fallait qu'il mette ses sentiments au tiroir au moment où il en sortait son uniforme. C'était une question de survie. L'agent Martin se ressaisit donc et laissa la procédure à suivre prendre le contrôle de ses actes. Sans lâcher le cadavre des yeux, il prit son walkie-talkie et enfonça le bouton de transmission.

« Roger, on a un itinérant qui a l'air mort. Appelle une ambulance, puis ramène tes fesses ici. »

— *10-4, compris*, annonça son walkie-talkie. Et quelques minutes plus tard, l'agent Roy ramenait son arrière-train au trot.

« Brrr, tu parles d'un temps pour mourir ! » dit-il lorsqu'il arriva à côté de son coéquipier.

« Je pense bien que c'est justement le temps qui l'a tué. »

« On dirait qu'il prie. »

« Ben, ses prières n'ont certainement pas été exaucées ! »

« Allez, fouillons-le, qu'on sache à qui on a affaire. »

Les deux policiers retirèrent leurs gants de cuir noir et enfilèrent des gants de caoutchouc avec une synchronisation de mouvements qui n'aurait pas été plus précise s'ils avaient répété le geste.

Puis, un commençant par la tête, l'autre par les pieds, ils tâtonnèrent tant bien que mal le corps raidi autant par le gel que par la rigidité cadavérique. Ils trouvèrent un harmonica, quatre croûtes de pizza aussi dures que de la roche, un cure-dent cassé en deux, et finalement, bien enfoui contre son plexus solaire, un beau portefeuille de cuir noir.

Les deux hommes se regardèrent, perplexes.

« Voyons donc ce qu'on a ici. » C'est l'agent Martin qui procéda à l'inventaire. Ses sourcils s'arquèrent d'étonnement lorsqu'il retira du portefeuille une liasse de billets de banque, tous tout neufs, sauf un, qui semblait avoir été manipulé à l'excès.

« Veux-tu bien m'dire à quel genre d'imbécile on a affaire ? » demanda Roger. « Notre homme crève de froid sur un banc de parc avec plus d'argent sur lui que j'en ai dans mon compte d'épargne. »

Les deux contemplèrent le visage de l'itinérant pendant un instant, comme s'ils s'attendaient à ce qu'il se porte volontaire pour répondre à la question. Ils en profitèrent pour réviser leur première impression.

Puis, l'agent Martin remit l'argent dans le compartiment réservé à cette fin et sortit toutes les cartes de plastique. Il en commenta la nature en les passant une à une à l'agent Roy : « Carte de crédit, carte de crédit, carte de crédit, carte de crédit, carte de crédit, appartenant toutes à un certain Albert Montfort. »

« Si c'est notre homme, c'est le plus riche sans-abri que j'ai jamais vu. »

« Ah, voilà son permis de conduire… Albert Montfort qui habite au 1, impasse du Mont-Everest. »

Ils examinèrent tous deux la photo miniature, la tournèrent

pour avoir le même angle que la figure du cadavre qu'ils examinèrent à son tour, firent quelques allers-retours entre les deux et se concertèrent pour conclure que l'homme de la photo n'était catégoriquement pas le cadavre.

« C'est sans doute un voleur. »

« Un voleur suicidaire si tu veux mon avis. Il aurait pu se sauver la vie en louant une chambre d'hôtel ! On en voit vraiment de toutes les couleurs. » Roger était quelque peu découragé.

Pour protéger le cadavre d'on ne sait qui ou quoi, les deux policiers se postèrent devant lui jusqu'à l'arrivée des ambulanciers qui ne purent que constater son état.

« Mettez-nous au courant, messieurs. » C'était la voix de l'enquêteur, l'inspecteur Eugène Dupuis, qui était suivi de près par son frère jumeau, comme d'habitude.

« C'est juste un itinérant qui est mort de froid. On pense. Mais c'est bizarre qu'il ait eu ce portefeuille sur lui. On a pensé qu'il valait mieux qu'un inspecteur voie la scène sur place », dit Roger.

Marcus leur remit le portefeuille en mentionnant qu'ils ne pensaient pas qu'il lui avait appartenu. Il pointa la photo du permis de conduire de son index et le visage de l'itinérant de son menton.

« Vous avez bien raison puisqu'Albert Montfort était un multimillionnaire qui a fait une chute du toit d'un gratte-ciel à trois coins de rue d'ici il n'y a pas plus de deux jours », confirma Eugène Dupuis.

« Un suicide, très certainement », ajouta son frère.

« Aucune autre pièce d'identité ? »

Les deux policiers secouèrent la tête.

Une dizaine de minutes plus tard, ils regardèrent des ambulanciers recouvrir le corps qui ne devint plus qu'une masse osseuse qui fut transférée sur une civière. La civière fut ensuite roulée jusqu'à la gueule béante d'une ambulance où on l'enferma en claquant les portes.

Le véhicule d'urgence repartit en silence vers la morgue, où les préposés à la morgue furent forcés d'étirer les membres du cadavre avant de le dépouiller de ses loques. Le corps nu fut ensuite recouvert jusqu'aux chevilles d'un drap blanc immaculé et roulé à l'intérieur du grand réfrigérateur où il devait attendre son tour pour être examiné. Il y avait deux paires de pieds qui attendaient côte à côte. Une paire, sale et calleuse, l'autre propre et flasque. Quiconque savait lire aurait pu lire « Monsieur X » sur l'étiquette accrochée au gros orteil droit des pieds sales et calleux. « Albert Montfort » était écrit sur l'étiquette suspendue au gros orteil droit de son compagnon aux pieds propres et flasques.

Monsieur X, feu Maurice Guignon, originaire de Saint-Clinclin, petit patelin situé au nord de nulle part, voyageur itinérant de carrière, possesseur d'un cœur d'or jamais exploité et d'un cerveau un tantinet défectueux ne trouva jamais preneur pour l'identifier et finit dépecé par un étudiant en médecine de l'université la plus proche.

Nos patrouilleurs, pour leur part, avaient rempli et signé leur rapport, avaient informé le répartiteur qu'ils étaient 10-19, prêts pour appels, et avaient repris la route.

« J'me demande bien quelle a été sa dernière pensée », dit Marcus autant pour lui-même que pour son coéquipier.

« À qui donc ? »

« À l'itinérant gelé. »

« Sapristi, Marcus, si tu commences à vouloir psychanaly-
ser tous les cadavres qu'on trouve, tu vas finir à l'asile. C'est
pas mal plus constructif d'essayer de trouver le lien qui a pu
exister entre le millionnaire suicidaire et lui. »

« T'as bien raison. »

Et ils émirent une série d'hypothèses qu'ils examinèrent, gar-
dèrent ou rejetèrent. (Il serait peut-être intéressant de préciser
ici que la simple réalité ne fit jamais partie de leurs hypothèses,
même si plusieurs d'entre elles étaient cohérentes, à priori.)

Leur jeu du détective fut interrompu par la radio :

— *Répartition au véhicule 410*

« 410 à l'écoute. »

— *Rendez-vous au 2, rue du Précipice, appartement Bravo.
Myriam Wilson, la résidente, ne répond pas à sa porte. Sa voisine pense qu'il y a raison de s'inquiéter.*

« 10-4, compris. » Et ils avaient repris la route vers la prochaine tragédie potentielle.

Ils arrêtèrent la voiture devant un vieil immeuble en
brique rouge. Ils dévisagèrent la façade de la bâtisse un instant, comme s'ils avaient assisté à un strip-tease de béton et
de madriers de deux par quatre qui finirait par leur révéler le
contenu de ses entrailles. C'est le regard toujours rempli de
points d'interrogation, la main droite tenue machinalement à
quelques centimètres de leur étui à revolver, qu'ils montèrent
les six marches qui les séparaient de la porte d'entrée.

« J'ai peine à croire à quel point il fait chaud maintenant »,
dit Roger.

« Ça devait juste être un front froid. Juste le temps de tuer notre sans-abri voleur », remarqua Marcus en secouant la tête.

Dans le portique, ils purent vérifier qu'une certaine Myriam Wilson habitait bien à l'appartement Bravo. Ils sonnèrent à plusieurs reprises sans succès, le haut-parleur qui leur faisait face restait bien muet. La porte de sécurité ne céda pas aux essais de l'agent Martin pour l'ouvrir.

« Combien tu paries qu'on perd encore notre temps sur le compte d'une commère paranoïaque ? »

« Tais-toi donc Roger et essaye un autre bouton. »

Roger se tut et appuya sur le bouton de l'appartement Écho, où habitaient monsieur et/ou madame L. Z.

Cette fois-ci le haut-parleur leur cracha un « quoi ? » grave en omettant de leur transmettre les postillons qui l'accompagnaient.

« Police », répondirent les patrouilleurs de concert.

Suivit alors un long silence pendant lequel Monsieur L. Z. fit le tour de sa mémoire pour en sortir toutes les infractions commises au cours de son existence. Mis à part quelques bêtises qui avaient fait partie d'une jeunesse depuis longtemps révolue, l'emprunt qui s'était avéré permanent du vieux grille-pain d'une ancienne voisine depuis longtemps enterrée, et une grande gueule incurable, il ne trouva rien qui mettrait son quotidien en péril. Il finit donc par demander : *qu'est-ce que vous voulez ?* avec tout de même la note d'inquiétude qui fait vibrer la voix de la majorité des gens innocents chaque fois que les forces de l'ordre s'adressent directement à eux.

« Juste que vous ouvriez la porte de sécurité. »

— *Pourquoi faire ?* demanda alors la grande gueule incurable.

« Ouvrez la porte », se contenta de commander l'agent Roy

avec toute l'assurance que lui octroyait son uniforme.

Cette fois-ci, ils n'eurent comme réponse que le bourdonnement annonçant que l'homme avait obéi à l'ordre qu'on lui avait donné.

Le bourdonnement, activé par l'index menaçant de monsieur L.Z., continua de grogner longtemps après que les patrouilleurs eurent ouvert la porte et qu'elle se soit refermée derrière eux.

Ils se trouvaient à présent dans un couloir sombre terminé par une cage d'ascenseur. Deux portes se faisaient face. Sur celle de gauche, une main assez artistique avait peint en rouge un gros A majuscule. Un B tout aussi rouge et majuscule avait été peint sur celle de droite. C'est l'agent Martin qui se planta dans le champ de vision de l'œil magique de l'appartement Bravo. Il cogna trois coups secs à la porte. Ils tendirent l'oreille pour percevoir tout mouvement dans l'appartement. Mais tout ce qu'ils entendaient, c'était le cliquetis du radiateur du couloir qui venait de se mettre en marche.

Marcus cogna à nouveau, puis gratta le rouge du B de l'ongle de son pouce. Toujours aucune réponse. La poignée était verrouillée. Il tourna la tête vers Roger.

« Me r'garde pas comme ça, c'est à ton tour, mon vieux. »

Marcus hocha la tête et fit face à la porte qu'il lorgna un instant, comme pour juger un adversaire. Il lui donna un petit coup du bout de sa botte droite pour en tester la résistance, regarda Roger une dernière fois, question de s'assurer que celui-ci ne se porterait pas volontaire pour la tâche.

« Allez, qu'est-ce que t'attends, j'ai faim. Le steak-frites est au menu du jour chez Francine aujourd'hui. »

Alors que Marcus s'apprêtait à se jeter l'épaule la première contre le B majuscule, la porte de l'appartement Alpha s'ouvrit derrière eux et une voix éreintée leur cria :

« Mais qu'est-ce que vous pensez que vous allez faire à la porte de ma petite Myriam ? »

Les deux policiers se retournèrent sur une femme qui paraissait centenaire et qui s'accrochait à une marchette à deux mains.

« Police, madame. »

« Patrice ? Je ne connais pas de Patrice. »

« Po-lice, madame. Est-ce que c'est vous qui nous avez appelés ? »

« Ah, police ! Oui, oui, c'est bon, je suis peut-être sourde mais je ne suis pas aveugle ! Oui, je vous ai appelés, mais ça fait tellement longtemps que j'avais presque oublié. Vous y avez mis le temps ! Et c'est ma-dame Ro-gers pour vous messieurs. »

« Est-ce qu'il y a une bonne raison de s'inquiéter, madame Rogers ? » s'enquit Roger.

« Mais bien sûr qu'il y a raison de s'inquiéter. Pourquoi est-ce que vous pensez que je vous ai appelés ? Nous étions censées prendre le thé ensemble à 10 h très précises ce matin pour qu'elle puisse me raconter comment s'est passée sa pièce de théâtre hier soir. Je suis actrice moi aussi, vous voyez, *et* danseuse… » Sur ces mots, elle déroula sa colonne vertébrale pour lever vers eux un menton qui les défiait d'en douter, et poursuivit « … et je lui ai donné plein de conseils. Mais elle ne répond pas à la porte. »

« Elle est sans doute sortie pour acheter du thé, ou du sucre. »

Marcus et Roger échangèrent un regard qui en disait long

sur l'étendue de leurs doutes et qui ne passa pas inaperçu à madame Rogers.

« Elle n'est pas sortie pour acheter du thé, parce que c'est *moi* qui vais servir le thé. Et j'ai entendu des bruits bizarres qui semblaient venir de chez elle pendant la nuit. »

« Vous avez *entendu* des bruits bizarres, hein ? »

« Oui, j'ai *entendu* des bruits bizarres. Ne sois pas effronté avec moi mon petit jeunot parce que tu vas voir de quel bois j'me chauffe. » Elle avait avancé sa marchette d'un pas menaçant.

« Vous n'auriez pas la clé de l'appartement de Myriam, par hasard ? » intervint Marcus.

« Mais qu'est-ce que j'ai fait au bon Dieu pour avoir affaire à des idiots pareils ? Vous ne pensez pas que je serais entrée moi-même au lieu de vous appeler si j'avais eu la clé ? »

« Bon, bon, rentrez chez vous, madame Rogers, et laissez-nous faire notre travail. »

« Ça va, ça va. C'est l'heure de mon émission de toute façon, mais vous feriez mieux de me garder informée », et elle se retourna pour rentrer chez elle.

Une fois que la porte de l'appartement Alpha était bien refermée derrière la menaçante madame Rogers, Marcus lorgna à nouveau celle de l'appartement Bravo, recula de deux pas et se jeta dessus épaule la première.

Celle-ci céda si facilement que le policier, sous la surprise, s'étendit de tout son long sur des carreaux de céramique qui ne firent rien pour amortir sa chute. Marcus grimaçait, se frottait la hanche et jurait contre la porte qui, selon lui, allait finir comme petit bois pour alimenter les flammes de l'enfer.

Roger, le revolver pointé vers le plafond, lui tendit sa main libre pour l'aider à se relever.

« Calme-toi donc, Marcus. Tu demanderas à ta femme qu'elle te la soigne, ta hanche. »

La phrase ne suffit pas cette fois-ci à apaiser ses élancements. « Ouais, comme si l'existence de ma femme se résumait à panser tous mes bobos », dit-il en se remettant sur pied.

Ils appelèrent à tour de rôle :

« Mademoiselle Wilson ? »

« Myriam Wilson ? »

« Vous êtes là ? Police ! »

L'appartement était plongé dans la pénombre. Ils avancèrent à pas de loup.

« Combien tu paries qu'elle a décidé de partir en douce avec son amant pour la nuit ? » chuchota Roger pour ne pas être entendu de la résidente partie en douce pour la nuit.

« Ferme-la donc Roger et cherche de la lumière. On se les gèle ici. »

Marcus sursauta lorsque l'ampoule qui se trouvait au-dessus de sa tête l'éclaira de ses cent watts. Ils appelèrent encore une fois, un peu plus fort. Le couloir de l'entrée se terminait en trois fourches. Ils commencèrent leur inspection à droite, où se trouvait une petite cuisine aux panneaux d'armoires vert lime qui paraissait trop propre pour être utilisée bien souvent. Comme le contenu du réfrigérateur peut donner plusieurs informations sur les habitudes de vie d'une personne (et comme son estomac lui rappelait que c'était l'heure du lunch), Roger tira sur la poignée de l'appareil électroménager et constata avec dégoût :

« Beurk, miss Wilson a l'air d'être une mangeuse de graines. Du fromage cottage, des cornichons, du tofu, du jus de pruneau, de la salade, c'est pas étonnant qu'elle ait disparu ! »

Ils sortirent de la cuisine pour aller dans le salon.

« Myriam Wilson ? » appelèrent-ils encore une fois.

Une petite brise entrait par la porte entrouverte qui donnait sur le balcon et faisait frémir les rideaux. Marcus alla la fermer. « On ne laisse pas la porte ouverte pendant la nuit où on bat un record de froid. »

« Marcus, viens voir à qui on a affaire. » Il était perdu dans la contemplation du portrait d'une jeune fille au sourire Crest dont le visage d'un ovale parfait était entouré d'une longue chevelure blonde reluisante. Il ne put s'empêcher de lancer un sifflement admiratif. « Je me la farcirais bien cette mangeuse de graines-là. »

« Oh, Roger. Et puis après ça, tu pleurniches quand elles te plaquent. *Et* tu trouves ça étonnant. »

« J'pensais t'avoir dit de rayer cet épisode de ta mémoire, Marcus. »

« Tu sais bien que je l'ai dit à personne ce que ça t'a fait quand ta Ginette t'a quitté », le rassura Marcus. Il prit une affiche publicitaire qui était posée sur la table à café. « *UN TRÉSOR TOMBÉ DU CIEL* mettant en vedette Myriam Wilson », lut-il.

Roger, qui continuait l'inspection vers la porte fermée de ce qui devait être la chambre à coucher, commenta : « Les trésors sont enterrés d'habitude, à ce que je sache, ils ne tombent pas du… » Il ouvrit la porte, trouva l'interrupteur et laissa sa phrase inachevée.

« Je pense pas qu'ils veulent dire qu'il tombe du ciel littéralement. »

« Marcus ! »

« Quoi ? »

« Marcus, viens ici ! »

« Mais qu'est-ce qui se passe ? On dirait que t'as vu un fantôme. »

Pour seule réponse, Roger s'adossa à la porte de la chambre à coucher pour dévoiler le spectacle à son coéquipier.

L'agent Martin fronça les sourcils pour s'assurer que sa vision ne lui jouait pas des tours et lorsqu'il fut satisfait que ce qu'il voyait n'était rien d'autre que ce qu'il pensait avoir vu, il laissa le loisir à sa mâchoire de se décrocher de stupeur.

Les deux paires d'yeux étaient fixées sur un lit à deux places à l'habillement harmonieusement élaboré. La base du lit était entourée d'une jupette rose. Le couvre-lit, lui-même couvert de roses imprimées de couleur rose, servait de tapis à une série de coussins de diverses formes et grosseurs, tous d'un rose assorti. En son centre, adossée à la tête de lit capitonnée (rose), était assise une poupée grandeur nature dont la peau d'une blancheur maladive détonnait dans le décor.

Roger tentait de trouver une analogie entre la poupée grandeur nature qu'il voyait et celle qui résidait dans sa penderie et qu'il soufflait à la vie les samedis soirs solitaires.

Marcus, quant à lui, espérait qu'elle soit le dernier modèle de poupée gonflable que Roger devait cacher dans son placard.

Sur le lit était assise non pas une poupée mais une jeune femme. Ses yeux noisette étaient grands ouverts, figés dans une expression que seules les victimes d'assassins auraient pu traduire. Ses paupières étaient couvertes d'un fard bleu à brillants. Ses joues avaient été rougies artificiellement. Le tracé de sa bouche avait été tracé au rouge à lèvres. L'artiste avait pris soin de relever le rouge à la commissure des lèvres pour tenter de graver de la gaité sur les traits, en vain. Sa longue chevelure blonde reluisante était divisée en couettes inégales retenues par des rubans roses de chaque côté de sa tête. Elle n'était vêtue que d'un petit peignoir de satin vert juste assez entrouvert pour dévoiler la moitié d'un mamelon. Elle était chaussée d'une paire de sandales à talons hauts argentées qu'elle avait dû acheter en prévision des réjouissances du temps des Fêtes. Pour finir le tableau, des doigts avaient dessiné un *choker* bleu-noir autour de son cou.

« Saint-Sapristi, l'Étrangleur de Barbie ! »

C'était Roger qui avait brisé le silence, Marcus n'ayant toujours pas recouvré le contrôle de sa mâchoire.

Roger se décolla de la porte et s'avança pour examiner la femme de plus près. « Ne touche à rien », dit-il à Marcus qui n'avait toujours pas bougé. Il détailla la figure de la femme et se retourna pour voir ce qu'elle fixait de ses yeux vitreux. L'expression de Roger se rapprocha de celle de la victime quand il constata qu'elle se regardait elle-même dans les yeux, dans l'image que lui renvoyait le miroir de sa coiffeuse.

« Saint-Sapristi », ne put-il que répéter.

Marcus s'extirpa de sa torpeur. « J'vais appeler un enquêteur. Toi, va surveiller la porte d'entrée pour qu'on ne risque pas que madame Rogers vienne fouiner. De voir sa petite Myriam comme ça la tuerait probablement. On n'a pas besoin d'une troisième mort sur les bras aujourd'hui. Il est à peine passé midi. »

Dix minutes plus tard, ils se tenaient debout côte à côte devant la porte d'entrée de l'appartement Bravo. L'agent Martin se dandinait comme s'il avait une envie d'uriner qu'il ne pouvait soulager et l'agent Roy grugeait l'ongle déjà inexistant de son auriculaire comme s'il s'était agi de l'os du steak de chez Francine.

« Tu t'rends compte qu'on a trouvé la quatrième victime de l'Étrangleur de Barbie ? » dit Roger lorsqu'il eut fini sa manucure.

« J'te jure qu'à voir des choses comme ça, il y a des jours que j'me dis que j'aurais donc dû devenir comptable comme le souhaitait mon père. »

« Ouais, c'est ça. Et tu vas m'dire que la monotonie de ta vie aurait été rayée par les colonnes de chiffres que t'aurais triées entre le débit et le crédit ? »

« T'as bien raison, mais la pauv' fille. »

« Il paraît que toutes les femmes ont été tuées par étranglement, chez elles, qu'elles étaient toutes blondes aux cheveux longs et pleines de rondeurs aux endroits où les rondeurs devraient se trouver. »

« J'ai lu dans le journal que des tas de blondes, vraies ou fausses, vont chez le coiffeur pour devenir brunettes. »

« C'est un sapristi de gaspillage, en tout cas. »

« En tout cas, j'te jure que si ma fille n'avait pas seulement trois ans, ça ferait longtemps que je lui aurais coupé ses belles boucles blondes. En fait, j'pense que je lui aurais rasé le crâne à la lame numéro deux. »

« Tu parles d'un fou, toi. Priver la terre de belles femmes. Comme si la vie n'était pas assez difficile comme ça. »

Puis ils restèrent silencieux un instant pour réfléchir aux événements de la journée qui était loin d'être terminée. L'agent Roy s'attaqua à l'ongle de son pouce et l'agent Martin transforma son dandinement en balancement.

« Est-ce qu'ils ont des pistes sur le tueur ? » demanda l'agent Roy.

« J'ai entendu au poste qu'ils n'en ont même pas l'ombre d'une. Il n'y a jamais signe d'entrée par effraction, ils n'ont pas trouvé une seule empreinte digitale qui aurait pu appartenir au criminel. Jamais de témoins non plus. »

« Ça peut juste être un psychopathe à la cervelle complètement déglinguée. »

« Si c'était aussi évident, ça f'rait longtemps qu'il croupirait en prison, tu penses pas, Roger ? Au contraire, notre étrangleur semble pouvoir se fondre dans la foule mieux que monsieur Tout-le-monde. »

Roger ne répondit pas. La poignée de la porte de l'appartement Alpha tournait. Les deux agents se crispèrent pour essayer de se préparer à faire face à la centenaire et à sa réaction. Au même moment, les deux inspecteurs jumeaux avec qui ils avaient discuté à peine une heure plus tôt cognaient à la porte de sécurité pour qu'on les laisse entrer.

Et très vite, les techniciens en scène de crime mirent leurs flashs en fonction, poudrèrent tout l'appartement Bravo à la recherche d'indices et s'affairèrent autour de la victime qui, pendant tout ce temps, continuait d'admirer son reflet dans le miroir de sa coiffeuse sur laquelle se trouvait pêle-mêle le maquillage qu'elle avait utilisé la veille au soir pour se mettre encore plus belle.

Le spectre des regrets

ligne 4

Le spectre des regrets

« **M**adame, il y a deux policiers au rez-de-chaussée qui voudraient vous parler. »

Madame sursauta, releva le masque de soie violet qui lui couvrait les yeux. Elle les plissa aussitôt sous l'assaut de la lumière d'automne qui s'infiltrait par la fenêtre. Sa migraine se rappela à sa mémoire.

« Des policiers ? Encore ? Mais qu'est-ce qu'ils veulent ? »

« Vous parler, madame. »

Lise pensa à les renvoyer en blâmant son mal de tête mais se dit qu'ils ne se lasseraient jamais de revenir à la charge, aussi bien en finir.

« Merci, Henrietta. Dis-leur que je descends. »

Henrietta commença à fermer la porte derrière elle, puis se ravisa. « Oh, madame, je vais partir maintenant. Pour mon rendez-vous. »

« Oui, c'est vrai. À demain, Henrietta. »

Lise s'assit dans son lit, se frotta les yeux, regarda l'heure :

11 h 18. Quel jour ? Elle réfléchit une minute et conclut que d'après ses calculs basés sur les derniers événements, on était vendredi matin, 11 h 19. Elle s'extirpa de son grand lit, enfila la robe qu'elle avait portée toute la semaine et qui avait passé la nuit étendue de tout son long sur le sol. Elle mit ensuite ses pantoufles qu'elle traîna jusqu'au miroir sur pied. Ses cheveux châtains étaient tellement ébouriffés qu'ils donnaient la preuve qu'elle avait passé les derniers jours à se battre contre les oreillers. Les cernes sous ses yeux, pour leur part, prouvaient qu'elle avait perdu la bataille. Elle n'avait pas vraiment réussi à dormir. Elle se donna un coup de peigne et, pour la forme, rajouta une couche de mascara par-dessus celle de l'avant-veille.

Elle finit par sortir de la chambre, longea le long couloir qui la menait au grand escalier qu'elle descendit sans l'ombre de la grâce qui devrait être de rigueur lorsqu'on foule les marches de marbre d'un escalier d'une telle majesté. Lise n'avait vraiment pas envie de jouer à Scarlett O'Hara aujourd'hui.

Lorsqu'elle entra dans le salon, les deux inspecteurs se promenaient dans la pièce comme ils se seraient promenés dans un musée : la tête levée, l'œil critique, les mains jointes derrière le dos.

« Bonjour, inspecteurs. »

Les deux hommes se tournèrent vers elle.

« Bonjour, madame Montfort, vous vous souvenez de nous ? » demanda l'un.

« Messieurs, mais comment pourrais-je vous oublier ? » Elle s'assit dans un des nombreux fauteuils de la pièce et invita de la main les policiers à choisir un siège.

Les frères jumeaux s'assirent côte à côte sur le grand sofa de cuir brun.

Lise soupira. « Que puis-je faire pour vous aujourd'hui, inspecteurs ? »

« Dupuis. Inspecteurs Dupuis. »

« Oui, bien sûr, inspecteurs Dupuis, que puis-je faire pour vous ? »

« Juste nous dire si vous avez déjà vu cet homme. » Celui de gauche se leva pour lui passer une photographie qu'il avait sortie de la poche de son manteau.

Lise la prit, l'examina et blêmit. « Mais cet homme est gelé ! »

« Oui, madame Montfort. Désolé. On n'a pas de meilleure photo à vous montrer. »

« Vous venez une première fois pour m'annoncer la mort de mon mari, vous me traînez jusqu'à la morgue pour identifier son corps brisé et maintenant vous me tirez du lit avec des photos de cadavre ? »

On pouvait deviner une pointe d'hystérie dans son ton.

« Vous voyez, c'est que cet itinérant a été retrouvé mort de froid sur un banc de parc et il avait sur lui le portefeuille de votre mari », dit l'inspecteur qui lui avait passé la photo.

L'autre sortit un portefeuille de cuir noir de sa propre poche de manteau et le montra à Lise.

« Nous tentons de déterminer si un lien quelconque unit les deux hommes, et leurs morts. »

« Je croyais que vos conclusions sur la mort d'Albert étaient partagées entre un accident et un suicide ? »

« Oui, mais nous ne devons écarter aucune possibilité. »

« Comme un meurtre ? »

« Comme un meurtre. Des témoins ont dit avoir vu cet homme sur les lieux de… l'accident de votre mari. »

« Des témoins l'ont vu en haut de l'édifice avec Albert ? »

« Non, il a été vu en bas, près du corps d'Albert. »

« Oh ! » Elle hésita. « Comment pourrait-il être suspect de son meurtre dans ce cas-là ? »

« En effet, c'est pratiquement impossible, c'était probablement juste un voleur, mais nous devions quand même vous le demander. Vous savez, mettre tous les points sur tous les *i*… »

« … et toutes les barres sur tous les *t*, continua son frère. « Alors ? Vous l'avez déjà vu ? »

« Non, jamais vu », répondit-elle catégoriquement sans regarder la photo qu'elle redonna au policier qui la lui avait passée.

« Bon, désolés de vous avoir dérangée à nouveau, madame Montfort, mais nous ne vous dérangerons pas plus longtemps. Et nous vous présentons encore une fois toutes nos condoléances. »

L'autre inspecteur appuya les dires de son frère en hochant la tête et lui tendit le portefeuille d'Albert. Lise le prit du bout des doigts.

« Il y a beaucoup d'argent à l'intérieur », s'avisa de préciser l'un.

« Oui, beaucoup d'argent », insista l'autre.

Lise hocha la tête et les invita à la suivre vers la porte de sortie.

Alors que les deux inspecteurs s'apprêtaient à franchir le seuil de la maison, Lise ne put contenir davantage la question qui lui avait rongé le sommeil.

« Inspecteurs Dupuis ? »

« Oui ? » dirent-ils en se retournant vers elle.

Lise décida de s'adresser à celui qui semblait le plus âgé et qui ne se contentait pas d'approuver tout le temps.

« Vers quelle conclusion penchez-vous ? L'accident, ou l'autre, vous savez, le suicide ? Tous les journaux parlent de suicide. »

« La réponse vous préoccupe ? » Le soupçon de suspicion qu'il y avait dans le ton de l'inspecteur n'était que déformation professionnelle.

« Non, non », mentit-elle. « C'est pour les assurances. Vous savez, les assurances questionnent. »

« Bien sûr qu'elles questionnent, les assurances ! » dit-il en promenant son regard sur les diverses œuvres d'art qui tapissaient les murs. « Je dois dire que pour l'instant, on a tendance à pencher vers le suicide, madame Montfort. »

« Ah ? Et pourquoi ça ? »

« Parce que la secrétaire de votre mari a dit qu'il lui avait demandé d'annuler tous ses rendez-vous, juste avant de monter en haut du gratte-ciel et qu'aussitôt en haut, il a insisté pour que l'architecte et le contremaître le laissent seul. Votre mari s'est ensuite rendu sur le bord de la plateforme et, la minute suivante, il avait disparu. Il a même pris la peine d'enlever son casque de sécurité avant de saut –, disparaître, je veux dire. »

« Si on enlève son casque de sécurité en haut d'un gratte-ciel, c'est probablement parce qu'on n'en a pas besoin là où on s'en va… », renchérit l'inspecteur à qui elle n'avait pas posé la question.

La figure de Lise s'étira davantage.

« Oh, d'accord, merci. Vous allez me tenir au courant s'il y a d'autres développements ? »

« Mais bien sûr, madame Montfort. »

Et ils étaient repartis, la laissant toute seule dans son

immense résidence qui lui renvoyait les battements désordonnés de son cœur en écho.

« Pas un suicide ! » Lise se parlait toute seule en retournant à sa chambre. Une fois arrivée, elle fourra le portefeuille de son défunt mari dans son sac à main Gucci, ne sachant pas trop quoi faire avec.

Peut-être que tu trouveras le moyen de le perdre la prochaine fois que tu sortiras ? lui chuchota une voix provenant du fin fond de son subconscient que Lise prit bien soin d'ignorer.

Et elle se déshabilla à nouveau à l'endroit où elle avait ramassé sa robe plus tôt, s'engouffra sous les couvertures et se cacha derrière son masque de soie violet.

Et elle tourna pendant des heures. Chaque fois qu'elle allait balancer dans le monde des songes, la figure d'Albert apparaissait sous la soie de son masque, avec son sourire narquois et son regard accusateur.

Et, finalement, épuisée de se poser la question à laquelle plus personne ne pouvait répondre puisque le principal intéressé avait descendu cinquante-huit étages en chute libre, elle finit par faire la seule chose constructive qui lui restait à faire : fondre en larmes. C'étaient les premières larmes qu'elle versait depuis la mort d'Albert. Mais elles n'étaient pas pour lui. Elles étaient pour elle. Elle, la femme infidèle qui, par sa trahison, avait *sûrement*, ou plutôt *peut-être*, non, *sans doute*, poussé son mari à commettre son dernier acte de folie : se jeter dans le vide.

C'est pour mieux te hanter, mon enfant…

La nuit tomba. Lise, asséchée, se leva.

Des cordes de pluie se fracassaient contre la fenêtre de la chambre qui fut illuminée un instant par un éclair. Le tonnerre gronda.

Lise remit sa robe et sortit de la chambre.

Les portraits d'hommes austères qui peuplaient le couloir, achetés à gauche et à droite par Albert pour singer les aristocrates, étaient cordés sur les murs de gauche et de droite comme un jury. Les portraits d'Albert, que jamais l'ombre d'un sourire n'avait éclairés, étaient figés dans une expression où l'accusation ne tarirait jamais.

Ils l'avaient tous jugée à tour de rôle alors qu'elle les dépassait, le pas pressé. *Coupable. Coupable. Coupable. Coupable. Coupable. Coupable. Coupable. Coupable. Coupable. Coupable. Coupable. Coupable.* Son jury l'avait condamnée à l'unanimité lorsqu'elle arriva enfin à sa destination : le bureau d'Albert ; la pièce où était entreposée la réserve de cognac la plus proche.

Elle ouvrit la porte, trouva l'interrupteur qui éclaira la pièce, referma bien la porte derrière elle, comme pour rejeter le verdict du jury, se remit à respirer et s'élança vers la carafe en cristal remplie du liquide ambré qui allait calmer ses nerfs à fleur de peau. Elle s'en versa un doigt dans le verre de cristal qui accompagnait la carafe, le cala d'un trait, remplit le verre jusqu'au bord et s'affala sur le fauteuil qui était à côté de la petite table sur laquelle la carafe d'alcool résidait.

La pluie s'abattait contre toutes les fenêtres de la pièce. Le tonnerre grondait. Le vent, qui s'était levé pour accompagner l'orage, sifflait.

Mais Lise n'entendait pas le tonnerre, ni le vent.

La paranoïa s'instillait dans son esprit, au compte-goutte, le soluté parfait pour lui empoisonner l'existence ; un mélange au dosage massif d'inquiétude, d'angoisse, de peur et de panique. Lise, pour sa part, ingurgitait son antidote à grandes gorgées.

Liiiiise…

Lise sursauta, incertaine d'avoir bien entendu prononcer son nom. Elle regarda autour d'elle, l'oreille tendue. Rien. Rien d'autre que son cœur qui faisait du tapage dans sa poitrine, l'orage qui explosait à l'extérieur et le silence qui remplissait la pièce, mis à part le tic-tac de l'horloge grand-père qui égrainait des secondes beaucoup trop longues.

Elle inspira profondément plusieurs fois. Ses poumons compressèrent son cœur affolé contre ses organes vitaux, la calmant quelque peu.

« Lise *(Lise, Lise, Liiise !)*, Lise, reprends tes esprits, tu es toute seule. Il n'y a personne d'autre que toi dans cette *immense* maison », se rassura-t-elle à voix haute pour s'entendre. Pour entendre une vraie voix.

Tu es toute seule, Lise…

Lise se leva d'un bond, renversant le quart de son verre de cognac sur le tapis turc qui avait si souvent chatouillé la plante des pieds nus d'Albert. Albert, qui était entré pieds devant dans le frigo de la morgue cinq jours plus tôt. Albert, qui sera bientôt six pieds sous terre.

Il n'y a personne dans la maison… personne d'autre que toi… et moi…

Il fallait briser le silence, remplir ses oreilles de bruit. Elle se dirigea vers le système de son, tourna le bouton du volume aux trois-quarts et appuya sur *PLAY*. Aussitôt, le chœur énergique accompagné des tambours battants du *Carmina Burana* de Carl Orff emplit l'air de la pièce.

O Fortuna…

La musique préférée d'Albert…

O Fortuna !

Oui, Lise, ma musique préférée

Quoiqu'elle ne comprit rien aux paroles en latin de la musique (et qu'elle savait très bien qu'Albert non plus n'y avait absolument rien compris), Lise fut soudain persuadée que le compositeur avait composé le célèbre morceau aux seules fins de l'accuser en fanfare de la mort de son mari.
STOP
À nouveau le silence. Et le tic-tac qui ne faisait rien pour aider.

Liiiiiiise… à nouveau

« Arrête ! » cria-t-elle, suppliante.

Est-ce que tu as arrêté, toi ? Est-ce que tu as freiné tes élans de petite salope ?

« Tu n'étais jamais là ! Toujours occupé ailleurs ! » Lise s'adressait au portrait qui lui faisait face. Un portrait plein pied d'Albert, plus grand que nature, mais à qui l'artiste avait fait perdre par des coups de pinceau habiles (et dispendieux) une bonne vingtaine de kilos.

Tu chériras, tu honoreras…

« Tu ne m'en as jamais donné l'occasion ! Tu étais toujours plus préoccupé par tes maudits millions ! L'argent ! Le maudit argent ! C'est tout ce qui comptait ! »

… jusqu'à ce que la mort vous sépare…

« Non ! »

Tu as dit : je le veux…

« Tout a changé ! Le conte de fées s'est écroulé chaque nuit que tu as préféré ton bureau à mon lit. Mon prince n'était plus du tout charmant. » Elle fit une pause. « En fait, tu n'as *jamais* été charmant. »

… je le veux, pour le meilleur et pour le pire…

Un éclair vint chasser les ombres d'un coin de la pièce où se trouvait un objet rectangulaire emballé de papier brun. Heureuse de la distraction, Lise posa son verre presque vide et se leva pour aller le chercher. Elle le posa sur le fauteuil sur lequel elle avait été assise et déchira le papier d'emballage du coin supérieur gauche au coin inférieur droit. Lise reconnut aussitôt le tableau de Picasso qu'Albert avait acquis à la vente aux enchères la semaine précédente.

« C'est la *Femme au béret et à la robe quadrillée* », lui avait répondu Albert lorsqu'elle lui avait demandé des précisions sur l'œuvre d'art. « Si j'avais été sa maîtresse, je n'aurais certainement pas été fière qu'on me dépeigne comme ça. C'est très laid, si tu veux mon avis. De toute façon, une maîtresse, *c'est* laid. »

Lise était sûre qu'il l'avait regardée dans les yeux en affirmant cela. Albert ne la regardait jamais dans les yeux. En fait, Albert ne la regardait jamais.

Quand elle lui avait demandé pourquoi il tenait tant à l'acquérir s'il le trouvait si laid, il lui avait répondu sans hésiter : « Parce que je peux, Lise, voilà pourquoi. Me procurer cet affreux tableau hors de prix me permet de passer silencieusement un message tout ce qu'il y a de plus sonore à qui veut bien l'entendre, ou ne pas l'entendre d'ailleurs. » Et il avait éclaté d'un rire digne d'un film d'horreur des années trente.

Lise se précipita vers le gros bureau d'acajou de Cuba d'Albert, souleva le combiné du téléphone doré et, tant bien que mal, composa le numéro de son amant.

— *Bonjour, vous avez bien rejoint la boîte vocale de Charles Robert, laissez-moi un message et je vous rappellerai dès que je le pourrai.*

Lise raccrocha et appuya sur le bouton *REDIAL*.

— *Bonjour, vous avez bien rejoint la boîte vocale de Charles Robert, laissez-moi un message et je vous rappellerai dès que je le pourrai.*

REDIAL
« Allô ! Allô ! Charles ? »

— *Lise Liiise, t'es folle de m'appeler à cette heure-ci ? Tu sais bien qu'on mange toujours en famille à cette heure-ci. Melissa et les enfants sont dans l'autre pièce.*

« Charles, j'ai besoin de toi. Tu peux venir ? »

— *Mais qu'est-ce qui se passe ?*

Lise resta muette quelques secondes, ne sachant pas trop comment dire à son amant que son mari (dont le corps reposait à la morgue) la hantait. « C'est Albert… », finit-elle par avouer.

— *Lise, Albert est mort*, dit la voix qui sortait du combiné, sur le ton qu'on utiliserait pour apprendre à une enfant qui a mangé tous ses choux de Bruxelles qu'il n'y avait plus de dessert.

« Je sais qu'Albert est mort ! » cria-t-elle dans le combiné en levant les yeux sur le portrait de son mari. « Pourquoi est-ce que tu penses que j'ai besoin de toi ? Je pense qu'Albert était au courant à propos de nous. »

— *Tu penses QUOI ? Mais qu'est-ce qui te fait penser ça ?*

« Le tableau laid de la maîtresse qu'il voulait acheter à tout prix, pour lequel il a payé une fortune… Je pense qu'Albert était au courant à propos de nous. Je pense qu'il a sauté. Et je pense que le Picasso, c'est sa note de suicide. »

La voix au téléphone émit un éclat de rire. *Tu penses qu'Albert s'est suicidé parce qu'il a appris… qu'on couchait ensemble ? Oh, ma pauvre Lise… ne sois pas ridicule.*

« Ridicule ? »

— *Oui, ridicule. Je dois y aller. Ne rappelle pas, s'il te plaît. Je te verrai, plutôt Melissa et moi, te verrons bien à l'enterrement d'Albert.*

Et elle entendit le déclic qui indiquait que Charles avait clos la discussion.

« Maudit Charles ! » cria-t-elle en regardant le combiné qu'elle raccrocha avec rage sur son socle. Son visage était aussi rouge que les cheveux roux flamboyant de son amant.

Liiiiiiise, la maudite Lise

Elle lança son verre de cognac au portrait d'Albert en criant : « Maudits hommes ! »

La chute du verre fut amortie par le tapis turc. De longues gouttes de cognac dévalaient, telles des larmes, le visage d'Albert qui demeurait tout aussi impassible. Son expression valait bien celle des douze hommes, morts depuis longtemps, qui peuplaient le couloir menant à son bureau. Tout aussi austère et tout aussi accusatrice.

Des larmes perlèrent aux yeux de Lise. La fontaine avait été réapprovisionnée. Tout s'embrouilla. Des ombres naquirent, se mouvaient autour d'elle, la mettant dans un état constant de sursauts.

« Je suis si seule ! » dit-elle entre deux hoquets.

Tu n'es pas seule, Lise. Je suis là, Lise…

« Va-t'en ! »

Je serai toujours là. Je ne t'abandonnerai plus. Je serai avec toi à jamais, Lise…

« Pourquoi ? »

*C'est ce que font les fantômes, Liiiiiiise. Ils hantent les vivants…
Surtout les coupables*

Ne sachant plus trop quoi dire, Lise fit le signe de croix et se mit à réciter le Notre Père à répétition, la seule prière qu'elle connaissait par cœur : « Notre Père qui êtes aux cieux, que ton nom soit sanctifié, que ton règne vienne, que ta volonté soit faite sur la terre comme au ciel. Donne-nous aujourd'hui notre pain de ce jour. Pardonne-nous nos offenses comme nous pardonnons à ceux qui nous ont offensés. Ne nous laisse pas entrer en tentation, mais délivre-nous du Mal… Notre Père qui êtes aux cieux… » À bout de souffle, elle finit par conclure : « Amen. »

Amen. Amen. Amen. Amène ton âme…

Lise mit ses mains sur ses oreilles et accourut chercher le verre qui gisait aux pieds d'Albert pour aller le remplir de nouveau du liquide qui tardait beaucoup trop à faire l'effet escompté. Elle prit une grande gorgée de son courage liquide et se demanda ce qu'elle devrait bien faire avant de devenir *complètement* folle.

« Thomas ! Thomas va pouvoir m'aider ! » s'écria-t-elle en regardant le plafond comme si le Seigneur avait enfin répondu à la prière qu'elle avait récitée comme un disque rayé en la frappant d'un éclair de génie.

Elle reprit le combiné du téléphone et composa l'autre numéro qu'elle connaissait par cœur. La sonnerie retentit une fois, deux fois, trois fois… À chaque sonnerie qui passait, les épaules de Lise s'affaissaient davantage.

« Répondez ! »

Un des deux téléphones cellulaires qui étaient posés sur la table du salon se mit à sonner.

« C'est l'tien », dit Marc en prenant une gorgée de bière à même la canette.

Thomas mit le verre de vin rouge qu'il venait de se verser sur la table, prit le téléphone, regarda l'écran et le reposa sans répondre à l'appel. Le téléphone continuait de sonner.

« C'est qui ? Tu réponds pas ? »

« C'est une cliente. Et non, je réponds pas. On est vendredi soir. Qu'elle laisse un message. Je la rappellerai pendant mes heures de bureau », dit-il en encadrant les trois derniers mots de sa phrase entre guillemets aériens formés par ses index et ses majeurs.

Thomas se recolla contre son amoureux sur le divan.

Le téléphone arrêta de sonner.

Puis recommença.

« Ça a l'air important. »

« C'est *toujours* important. C'est la cliente plus riche que Crésus dont je t'ai parlé. Tu sais, celle dont le mari a une compagnie d'assurances ou quelque chose comme ça. Elle m'appelle en panique chaque fois qu'elle essaye de trouver le courage de le quitter. Mais elle ne le quitte jamais. En fait, je pense que, secrètement, tout c'qu'elle veut, c'est qu'il s'occupe un peu d'elle. »

« La pauvre petite femme riche », jugea Marc en prenant une autre gorgée de bière.

La sonnerie insistait.

« Ça a l'air vraiment important. »

« Non ! Riche ou pas, c'est notre soirée cinéma. L'argent ne peut pas tout acheter quand même. Il y a des limites. » Et Thomas reporta toute son attention sur le film qui jouait à la télévision où un enfant à l'air terrifié révélait à un homme qu'il voyait des morts.

« Plus riche que Crésus, tu dis ? C'est pas mal riche, ça ! »

Thomas ignora le commentaire et continua de regarder le film où l'enfant affirmait qu'il les voyait tout le temps – les morts – et qu'ils étaient partout.

Le téléphone arrêta de sonner.

Marc prit la télécommande et appuya sur *PAUSE*.

« T'es sûr, Tommy chéri ? Tu vois bien que Bruce Willis a la peau plus verte qu'un Martien. Mon sixième sens à moi me dit que cette soirée pourrait nous payer une belle grande télé toute neuve avec des couleurs haute définition ! »

Thomas regarda Marc et lui sourit en secouant la tête. Marc savait trop bien qu'il ne pouvait jamais lui résister, surtout quand il l'appelait Tommy chéri, et prit son téléphone.

Lise avait raccroché le combiné et avait aussitôt éclaté en sanglots.

Le téléphone se mit à sonner, ce qui lui fit arrêter net son éclat dans un sursaut.

« Allô ? Thomas ? »

— *Oui, c'est bien Thomas, madame Montfort*

« Oh, Dieu soit loué ! »

— Je vous assure, madame Montfort, que le bon Dieu n'a rien à voir là-dedans. Que puis-je faire pour vous en ce vendredi soir orageux?

« J'ai besoin de vous, pouvez-vous venir ici? »

— Ce soir? Comme j'ai dit, c'est vendredi soir et il fait tempête. Prenons donc rendez-vous pour lundi, je suis sûr que je peux vous trouver de la place.

« Non! »

— Un instant s'il vous plaît, madame Montfort... quoi?

— Demande le bon prix.

— C'est combien une grande télévision aux couleurs haute définition?

— J'en ai aucune idée.

— Bon, je veux bien venir, madame Montfort, mais j'aurai besoin d'une compensation appropriée pour le très grand dérangement.

« N'importe quoi, nommez votre prix. »

— Combien...? C'est combien une grande télé comme celle que tu veux?

— Je sais pas, sept cents dollars, peut-être? Plus les taxes...

— Mille dollars, madame Montfort! Je peux affronter l'orage pour aller vous voir ce soir pour mille dollars, pas un sou de moins.

« Parfait! Dépêchez-vous, s'il vous plaît, je vous attends. »

Lise se dépêcha de raccrocher le combiné du téléphone avant que Thomas n'ait eu le temps de changer d'idée et se dirigea vers la porte du bureau qu'elle ouvrit. Elle regarda les yeux du premier portrait qui s'apprêtait à la juger à nouveau et retourna chercher sa carafe de cognac et son verre avant de se rendre à la cuisine d'un pas qui donnait l'impression qu'elle avait le feu au derrière. Elle mourait de faim tout à coup.

Comme d'habitude, Henrietta avait laissé l'énorme cuisine aux innombrables surfaces blanches et de *stainless steel* dans une propreté immaculée. Lise déposa sa carafe et son verre sur le comptoir.

Elle ouvrit la porte de l'énorme réfrigérateur acquis par son mari à l'appétit monstre et tomba nez à nez avec la carcasse d'un poulet qui avait constitué le dernier gueuleton d'Albert. Lise retroussa les babines et mit le squelette de l'oiseau à la poubelle. Un bagel tartiné de fromage à la crème ferait l'affaire pour apaiser son estomac qui noyait dans le cognac. En ouvrant le pain en forme de beigne avec un couteau de boucher, le premier couteau qu'elle avait trouvé dans le premier tiroir du bord, elle avait trouvé le moyen de se trancher la paume sur toute sa largeur.

Elle laissa tomber les deux moitiés du bagel qui roulèrent dans des directions opposées et laissa aussi tomber le couteau qui atterrit pointe première à cinq millimètres de son petit orteil gauche. Lorsqu'elle vit son sang dégouliner de sa paume tranchée, tachant céramique blanche et surfaces en *stainless steel*, elle cria au meurtre, mais personne (de bien vivant, du moins) n'était là pour l'entendre. Elle courut à l'évier et mit sa main blessée sous l'eau froide.

Ça t'a coupé l'appétit de voir ton sang s'échapper de tes veines ?

Ce qui restait de son sang dans ses veines se glaça.

Elle ouvrit ensuite des panneaux d'armoire et des tiroirs qu'elle laissa ouverts. On pouvait voir des traces de doigts rouges se dessiner sur toutes les surfaces au fur et à mesure qu'elle les touchait. Ne trouvant pas ce qu'elle cherchait, même si elle ne savait pas trop c'était quoi qu'elle cherchait au juste, elle sortit de la cuisine et alla à la salle de bain la plus proche pour enrouler sa main blessée dans un quart de rouleau de papier de toilette.

Lise eut le temps d'anesthésier sa douleur à l'aide de trois doigts de cognac avant d'enfin entendre la sonnerie qui annonçait l'arrivée de Thomas. Elle appuya sur un bouton qui lui donnerait accès à la propriété bien gardée et elle tituba jusqu'à la porte qu'elle ouvrit tout en s'y accrochant.

« Thomas ! Enfin ! Je commençais à penser que vous n'arriveriez jamais ! » Lise regardait le grand homme aux cheveux aussi noirs qu'un corbeau comme s'il s'était agi du Messie.

Thomas était resté pris dans le trafic pendant plus d'une heure, ayant failli à prédire l'accident mortel de la route (dont il avait failli de peu faire partie d'ailleurs) qui avait été vraisemblablement causé par l'exécrable météo. Il se contenta d'étirer ses lèvres fermées dans un semblant de sourire et de demander s'il pouvait entrer et s'extirper de l'orage qui battait encore son plein.

« Mais, bien sûr ! Entrez ! Entrez ! Allons au salon. Installons-nous à notre table habituelle. »

Thomas retira son manteau qui avait eu le temps de se tremper entre sa propre porte d'entrée et sa Toyota, et entre sa Toyota et la porte d'entrée de madame Montfort. Ce n'est que lorsque Lise tendit le bras pour lui prendre son manteau que Thomas remarqua la main de sa cliente, momifiée à l'aide d'une quantité industrielle de papier de toilette.

« Madame Montfort ! Mais que s'est-il passé ? »

« Un petit accident, ce n'est rien. »

« Laissez-moi voir ça. » Et Thomas procéda au déroulement

du papier jusqu'à ce qu'il arrive à la longue coupure noire de sang séché. « Venez qu'on vous désinfecte ça avant toute chose. »

Lise le laissa l'entraîner vers la cuisine qui ressemblait à une scène de crime. Thomas jeta un regard furtif dans tous les recoins de la pièce, s'attendant presque à y trouver des corps morts, mais ne voyant aucun cadavre qui se vidait de son sang joncher le plancher, il fouilla dans l'armoire sous l'évier, la seule qui ne semblait pas avoir été barbouillée par des doigts ensanglantés et y trouva une trousse de premiers soins. Il commença à nettoyer la plaie.

Lise se laissait faire.

« Regardez-moi donc ce gâchis. Vous avez *complètement* retracé la trajectoire de votre ligne de cœur *et* vous avez coupé votre ligne de destinée en plein dans le milieu. Ne parlons même pas de votre ligne de tête qui semble avoir *entièrement* disparu ! Je peux vous dire que vous avez *vraiment* besoin de soins attentifs, ma chère madame Montfort. Toutes ces lignes devront *sûrement* devoir se faire suturer avant qu'elles puissent me dévoiler quoi que ce soit sur votre avenir. Si j'étais pour le moins superstitieux, j'irais même jusqu'à dire que votre avenir va changer *considérablement* à partir d'aujourd'hui. »

Les adverbes étaient l'outil de prédilection de Thomas pour prédire l'avenir, puisqu'ils atténuaient assez ses dires pour créer une incertitude certaine. Il s'assurait donc de ponctuer chacun d'eux, invariablement.

Lise blêmit assez perceptiblement pour que Thomas s'empresse d'ajouter : « Ah ! Mais ne vous en faites pas, j'ai toujours avec moi mon fidèle jeu de Tarot ! » Et il sortit ledit jeu de

Tarot d'une poche invisible.

Lise sourit.

Alors que Thomas suivait sa riche cliente au salon, il se dit qu'il y avait bien juste des hommes pour nous mettre dans un si piètre état.

Ils s'assirent face à face à leur table habituelle et Thomas donna le jeu de grandes cartes à Lise.

« Voyons voir quelles divinations les cartes nous dévoileront ce soir. Brassez-les bien comme il faut. »

Lise s'exécuta aussi bien que son ébriété arrosée d'adrénaline et sa main bandée le lui permettaient. Les cartes n'arrêtaient pas de s'échapper du jeu et de tomber sur la table.

« Je suis désolée », s'excusa-t-elle.

« C'est pas grave. On va utiliser ce petit handicap à bon escient. Continuez de brasser et quand une carte tombera, nous la traiterons comme un signe astral qu'elle veut nous dévoiler un présage important. »

Lise recommença donc à brasser les cartes, dont une tomba aussitôt sur la table. Elle la tendit à Thomas, qui la retourna et la posa devant lui.

« Ah, le Fou ! Les cartes veulent nous révéler le voyage du Fou. »

« Le Fou ? Mais, c'est qui le Fou ? »

« Le Fou, c'est vous, madame Montfort. »

« Moi ? Mais pourquoi moi ? Est-ce qu'Albert ne pourrait pas être le Fou ? »

« Probablement, mais pas ce soir. Ce soir, le Fou, c'est vous. Votre mari serait le Roi de Denier, probablement. »

Il regarda sa cliente, déchiffra son expression et poursuivit : « Mais ne vous en faites pas, madame Montfort, il ne faut pas prendre le nom des cartes littéralement. Malgré le nom, c'est une bonne carte. » Il pointa l'image. « Vous voyez, il est sur le point de sauter du précipice. Ça nous dit qu'il est sur le point de s'envoler vers où le vent souffle. »

Lise le fixait avec un regard qu'il ne pouvait pas vraiment décoder. Il lui offrit donc un sourire rassurant. « Elle est tombée à l'endroit, madame Montfort. La carte vous dit seulement qu'il n'est probablement jamais trop tard pour recommencer à neuf et suivre votre cœur. Brassez. »

Lise recommença à brasser et une autre carte s'échappa presque aussitôt du jeu. Elle la remit à Thomas qui la déposa à la droite du Fou.

« La Tour… Intéressant… La Tour peut illustrer un changement abrupt dans vos circonstances. Elle peut signifier, surtout à l'envers, qu'un secret a été dévoilé. »

Thomas, qui s'était concentré sur l'image de la carte, leva les yeux vers sa cliente, dont le teint avait pâli, le temps qu'il finisse sa phrase, jusqu'à devenir fantomatique.

Lise laissa tomber une autre carte sans vraiment prendre la peine de brasser et la remit à Thomas qui la prit et la plaça à côté de La Tour.

« Ah ! La Roue de Fortune. » Il fit une pause. « Je vois une somme d'argent considérable dans votre futur, madame Montfort… »

De l'argent pour ma vie, Liiiiiiise

Alors que la plupart de ses clientes se seraient empressées de le questionner sur le montant d'argent à recevoir et si elles pouvaient compter sur celui-ci avant la date limite du paiement minimum de leurs cartes de crédit, Lise Montfort, elle, s'écria : « On s'en fout de l'argent ! Vous ne voyez pas d'hommes ? Il y a bien des hommes qui se cachent dans ces cartes-là, non ? » Thomas se félicita silencieusement d'avoir deviné plus tôt qu'il y avait catégoriquement de la testostérone là-dessous.

« Eh bien, la Roue de Fortune peut aussi prédire le retour d'un amoureux… » Il ne quittait pas Lise des yeux, soucieux de détecter si ses paroles produiraient l'effet désiré.

« Un amoureux ? De quoi a-t-il l'air ? A-t-il les cheveux roux ? »

« Malheureusement, madame Montfort, ces cartes ne sont pas des photographies… » Il fronça les sourcils. « En fait, je ne suis pas tout à fait sûr qu'il y ait une carte qui représente les cheveux roux. Je vais devoir consulter mon *Livre des destinées* », se dit-il à voix haute.

« Thomas ! Je dois savoir de quoi il a l'air ! »

« Madame Montfort, c'est *vous* qui avez les cartes en main. Moi, je ne fais que les lire… »

Lise se contenta de passer une autre carte au diseur de bonne aventure qui la plaça avec les autres.

« Le Jugement. »

Lise, qui semblait maintenant être prise de folie, lui remit une autre carte sans brasser d'abord et avant qu'il ait eu le temps de penser à commenter la dernière.

Thomas regarda alors la carte qui était tombée à l'endroit et sourit de soulagement en la plaçant à sa place sur la table.

« Ah ! Le Roi de Coupe ! Maintenant, c'est plus clair qu'une image à haute résolution ! » Thomas, qui ne savait plus trop ce que sa cliente voulait entendre, prit une décision résolument catégorique au hasard et après une courte pause dramatique, poursuivit : « Votre amoureux est blond… ou châtain ? Il n'y a *absolument* aucune équivoque possible ! Il est blond-châtain ! »

« Blond-châtain ? »

« Oui, blond-châtain, comme… » Thomas chercha des yeux une des photographies de monsieur Montfort qu'il était absolument certain d'avoir déjà vues dans la grande pièce, mais n'en trouvant aucune et puisqu'il était tout à coup épuisé, il pointa les cheveux les plus proches, c'est-à-dire les boucles du bébé dodu qu'une femme tenait dans ses bras sur la petite peinture accrochée sur le mur à côté d'eux. « Comme les boucles de ce bébé dodu. »

Lise resta silencieuse un moment qui parut bien long à Thomas.

« Comme le bébé de la *Madonna Litta* de Da Vinci ? » finit-elle par demander.

Thomas hocha la tête évasivement.

Lise se souvint alors qu'elle avait été remplie d'émotions contradictoires quand Albert avait acquis la petite toile. Il en avait été tellement fier, mais l'acquisition de la toile qui montrait la Vierge Marie en train d'allaiter le Christ et illustrait l'amour maternel le plus pur, avait eu l'effet d'un coup de couteau au cœur de Lise et d'un harakiri dévastateur pour son utérus vierge, les enfants n'ayant représenté, aux yeux d'Albert, qu'une charge financière dont on pouvait se passer.

Thomas déglutit, hocha la tête et poursuivit : « On dirait qu'il y a un homme blond-châtain dans votre futur qui restera toujours avec vous, madame Montfort. »

« Albert, vous voulez dire ? »

«Ou… i, madame Montfort, votre… mari restera *toujours* à vos côtés, possiblement. »

Je resterai toujours à tes côtés, Lise…

L'expression de Lise fit alors peur à Thomas au point qu'il décida de prendre catégoriquement position dans ses prédictions et de bien l'adverbia*Lise*r.

« In-con-tes-ta-ble-ment », ajouta-t-il.

Je ne te quitterai plus jaaaaamais, Liiiizzzeeee

« C'est écrit dans le ciel. Les étoiles et les cartes ne se trompent ja-mais. Vous n'avez vraiment pas à vous inquiéter. »

Lise se leva alors abruptement de sa chaise qui tomba sur le dos et devint *complètement* hystérique.

Thomas, abasourdi par sa réaction, se leva à son tour et ne put que regarder alors que sa cliente devenait folle (aucun adverbe requis ici). Elle criait des paroles inintelligibles à quelqu'un qu'il ne voyait pas. Le bandage qu'il avait plus tôt enroulé autour de la main de la femme se défaisait dans ses mouvements de possédée. La plaie, qui avait recommencé à saigner, peinturlurait toutes les surfaces qu'elle agressait.

Puis, tout d'un coup, la femme tomba sur le divan, K.-O. Elle avait vraisemblablement perdu son combat contre son adversaire invisible.

Le clairvoyant, qui se faisait un devoir de ne jamais regarder les nouvelles, – sachant pertinemment qu'elles étaient immanquablement mauvaises – n'était aucunement au courant du fait que le mari était tombé la tête la première du haut de sa tour, littéralement, il y avait de cela plusieurs jours et que son fantôme hantait maintenant sa femme. Les cartes de Tarot étaient restées bien muettes à ce sujet.

« La testostérone… » fut tout ce qu'il trouva à dire en secouant la tête, alors qu'il sortait son téléphone cellulaire de la même poche d'où il avait sorti son jeu de Tarot et composa le 911.

Le vent, lui, inconscient du fait que son sifflement était en partie responsable de la folie de Lise, continuait de l'accuser de l'extérieur de la fenêtre :

…iiiiiiiiiiiiiiizzzzzzzzzzzzzzzze …

Le vent qui siffla à la fenêtre rappela tout à coup à Thomas la raison pour laquelle il s'était déplacé un vendredi soir orageux et ajouta : « Et mon mille dollars, lui ? »

Mais personne (de bien vivant, du moins) ne l'entendit.

APPARENCES MASQUÉES

ligne 5

Apparences masquées

« Ramène tes fesses au lit, poupée, et j'te promets un beau gros bonbon. » Billy était couché les mains entrelacées derrière la tête. Ses yeux suivaient Anabelle qui paradait son corps nu d'un mur à l'autre de la petite chambre.

« J'aimerais bien ça me prélasser le derrière au lit jusqu'à midi, mais il faut bien que j'travaille si j'veux me les payer, mes dentelles », dit-elle en pointant le cache-sexe bleu qu'elle venait d'accrocher sur la courbe de ses hanches.

Billy tenta de l'attraper alors qu'elle passait près de lui. Anabelle l'évita, émit un petit rire et se dirigea vers sa commode.

« Je vais t'en acheter, moi, des dentelles, si c'est ce qu'il te faut pour continuer de me chauffer les sens. »

Sans le regarder, Anabelle lui assura que sa paye de chauffeur de taxi ne suffirait même pas à payer la corde de son cache-sexe.

« Ouch ! Tu l'sais bien que c'est temporaire ce boulot-là. Je suis écrivain. Et ton p'tit derrière parfait ne se plaint jamais quand il se pose sur la banquette arrière de mon véhicule, surtout que j'oublie tout l'temps, juste pour ton derrière à toi, de mettre le compteur en marche. »

« Tu parles bien de ton boulot temporaire de chauffeur de taxi que tu as pris il y a un an en attendant que ton blocage permanent d'écrivain débloque ? C'est ça ? » Elle ne lui donna pas le temps de rouspéter avant de continuer : « De toute façon, je vais être en retard et Cruella d'Enfer va encore me tomber sur le dos. La vieille poufiasse me déteste. »

« Elle est jalouse, poupée, c'est tout. »

Elle ouvrit le tiroir du haut de la commode et en sortit un soutien-gorge d'un bleu assorti à son cache-sexe.

Elle se planta devant son miroir pleine longueur et s'examina des pieds à la tête. Elle regarda ses longues jambes minces, ses hanches juste assez rondes pour souligner l'étroitesse de sa taille et son ventre plat avec une satisfaction évidente. Billy aussi admirait son reflet. Elle fit la moue lorsque son regard arriva à la hauteur de ses mamelons.

« Sous mes doigts tes petits seins sont les panses bombées des moineaux endormis », récita Billy. « Ou quelque chose comme ça. »

« Pas pour longtemps ! Seulement cinq payes et bye bye A, hello C ! » dit-elle en enfilant son soutien-gorge dont le bonnet était tellement rembourré qu'il transforma, comme par magie, sa poitrine de taille A à une généreuse taille C.

« Si Cohen ne te convainc pas, voici un Billy original : tes nichons sont des créateurs d'érection sans défauts juste comme ils sont. C'est un gaspillage complet d'argent de changer quoi que ce soit, si tu veux mon avis. »

« Une chance que personne ici ne te le demande, ton avis, Billy Boy ! »

Elle alla à son placard et en ressortit un cintre sur lequel pendait son uniforme parfaitement repassé et altéré aux bons endroits pour rehausser tous les atouts de sa propriétaire. Elle l'enfila et le referma en attachant la série de boutons sur le devant, laissant délibérément déboutonnés ceux qui donneraient l'occasion à un homme grand de deviner la courbe illusoire de sa poitrine. Elle épingla son badge sur lequel son prénom était gravé en lettres majuscules et prit ensuite sa brosse à cheveux pour démêler la pagaille créée par les ébats amoureux de la nuit, et du matin, dans sa longue chevelure blond-platine. Elle ramassa ensuite ses cheveux brossés et les emprisonna dans une queue de cheval qu'elle retint en place à l'aide d'un des deux élastiques roses qui entouraient son fin poignet en permanence. En deux temps, trois mouvements, la queue de cheval avait été entortillée en un chignon expert. Anabelle se pencha pour ramasser la paire de jeans de Billy qui était à ses pieds et les lui lança en pleine figure.

« Allez, habille-toi, tu dois m'amener, je ne veux vraiment pas être en retard encore une fois. »

Billy attrapa facilement les jeans avant qu'ils puissent le gifler et sortit du lit à son tour.

Anabelle ne put s'empêcher d'admirer le corps nu de son amant du coin de l'œil. Billy était aussi beau qu'Anabelle était belle. En apparence, ils auraient fait un couple aussi parfait que Barbie et Ken. En apparence. Pourquoi fallait-il toujours que les hommes les plus beaux, ceux qui avaient la faculté d'éveiller tous ses sens, soient des artistes ratés qui ne pouvaient même pas lui payer des bijoux dispendieux, des soupers dans les grands restaurants ou, à tout le moins, plus que la corde de ses cache-sexes de dentelle ? Elle avait besoin de sécurité. Elle n'avait vraiment pas l'intention de continuer à torcher des malades mentaux toute sa vie, si gentils soient-ils, pour la plupart.

Billy la tira de ses réflexions en lâchant un pet qui s'avéra aussi nauséabond que sonore avant de finir de monter son jeans au-dessus de ses fesses.

Anabelle fit une grimace sous l'assaut de l'odeur qui agressa ses narines et le traita d'animal.

« Ouais, je suis ton petit cochon personnel. »
Il était 8 h 04 lorsque Billy rangea son taxi devant les portes de l'hôpital. Anabelle sortit du véhicule et fit signe à son chauffeur de descendre la fenêtre du passager. Billy s'exécuta.

« Tu viens me chercher à huit heures ce soir ? »

« Je peux pas aujourd'hui, poupée. J'ai un rendez-vous avec un agent. Elle est très intéressée par le potentiel de mon roman. »

« J'imagine, oui, qu'*elle* est très intéressée… par ton roman qui est même pas à moitié écrit. »

La jalousie lui chatouillait l'échine. Certes, elle gardait plutôt Billy comme roue de secours, mais que sa roue de secours personnelle décide d'aller rouler sous le châssis d'une autre n'était pas pour lui plaire.

« Poupée, t'es bien placée pour savoir que ma langue peut être encore plus efficace que ma plume. Je *vais* devenir un écrivain célèbre. C'est juste une question de temps. Tu vas voir. »

Sa langue. Et ses mains. Ses mains qui auraient pu lui gagner des millions s'il avait pu s'en servir aussi efficacement avec un bistouri, ou même un clavier tant qu'à y être, que sur tous les points érogènes de son corps.

« C'est beau de rêver en couleurs. »

« Merci d'avoir tellement confiance en moi. »

« C'est ça le problème entre toi et moi, Billy. T'es un rêveur, et moi, je suis une vraie réaliste. On n'est vraiment pas un bon match. »

« C'est ça, ma belle. Et il est où exactement ton futur mari ? En tout cas, c'est pas lui qui te conduit partout quand ça fait ton affaire et qui se pointe quand t'as envie d'une bonne baise. »

« Il est quelque part là-dedans », répondit-elle en pointant le bâtiment derrière elle de son pouce.

« Ouais, et c'est moi le rêveur, poupée ! Va donc rejoindre tes fous. » Et il lui remonta la fenêtre au nez avant de s'éloigner à une vitesse qui en disait long sur son humeur du moment.

Anabelle haussa les épaules et se dépêcha d'aller pousser les portes tournantes de l'hôpital général où Cruella d'Enfer l'attendait sûrement, les sourcils froncés et les poings sur les hanches.

En effet, lorsqu'elle poussa enfin les portes battantes au-dessus desquelles on pouvait lire « Aile psychiatrique », l'infirmière en chef l'attendait de l'autre côté avec l'expression et la posture qu'Anabelle avait imaginées à la perfection pour les avoir déjà vues à maintes reprises.

« Oui, je suis désolée, madame Seville, je – »

« Ne prenez pas la peine de me raconter encore une histoire, je les ai toutes entendues. Infirmière Price, vous seriez responsable, à vous seule, du quart des décès de cet hôpital si vous travailliez à l'urgence. »

Anabelle lui offrit son air le plus piteux tout en s'efforçant de contenir le sourire qui voulait étirer ses lèvres en raison des simagrées que sa collègue, Lucie, faisait dans le dos de leur patronne.

« Oui, je suis désolée, ça ne se reproduira plus. »

« La prochaine fois, je mettrai un avertissement formel à votre dossier. Allez vous occuper de monsieur Kaufmann qui est tout particulièrement agité ce matin… quelque chose à voir avec son scénario. »

Lorsque Prunella Seville s'éloigna enfin, les deux amies pouffèrent de rire.

« Elle marmonne ton nom à voix haute depuis dix minutes. Tu pousses fort Anabelle », dit Lucie à sa collègue qui prenait le dossier de Ronnie Kaufmann.

« Je sais, et je ne sais même pas comment ça se produit », dit-elle en se dirigeant vers la chambre de son patient.

« Bonjour Ronnie ! Comment se porte mon patient préféré ce matin ? »

Ronnie Kaufmann arrêta un instant d'arpenter sa chambre pour se tourner vers elle. Comme d'habitude, les coins intérieurs de ses sourcils étaient exagérément surélevés et semblaient figés dans la forme d'un accent circonflexe. Quiconque le regardait avait l'impression qu'il était soit très inquiet, soit très surpris.

Il offrit à l'infirmière un petit sourire, recommença à faire les cent pas sur la longueur de son lit. D'une voix presque inaudible, il marmonna : « Oh, Anabelle. Ça va assez bien, mais je devrais vraiment avoir mon idée, mais les idées sont comme des fantômes dans ma tête, elles passent à travers ma cervelle, mais je n'arrive pas à les agripper, à les pincer, vous voyez ? Je vais aller beaucoup mieux quand je pourrai me sortir de cette impasse. »

« Ah oui ? Et c'est quoi cette… impasse ? »

« Mon scénario de film. Ça me rend fou. C'est comme la rencontre des films *Payez au suivant* et *Crash*, vous voyez ? C'est un genre d'adaptation du livre *Ligne de destinées*. Mais je pourrais aussi bien être coincé dans le cul d'un sac. Je ne suis pas assez intelligent pour trouver une sortie… l'union entre les deux. Je n'arrive pas à joindre les deux. »

« Ça a l'air intéressant. Je suis certaine que ça va vous venir. Je sais que vous êtes un homme très intelligent. »

Il arrêta alors de marcher, se frappa les poings ensemble et glissa les pans de sa chemise à carreaux dans son pantalon. Il flatta ensuite ses boucles blond-châtain qui commençaient à être clairsemées et s'apprêtait à recommencer à tourner en rond quand Anabelle l'invita avec un sourire à s'asseoir sur son lit pour qu'elle puisse prendre sa tension artérielle. Elle lui donna une petite pilule à avaler.

Ronnie baissa alors ses sourcils, sourit, se leva du lit et d'une voix confiante qui avait pris du volume, déclara : « Ouais, bien sûr que ça va me venir ! Ça finit toujours par me venir. Je suis intelligent, j'ai juste besoin d'une muse… une rencontre fortuite. C'est ça, une rencontre fortuite qui deviendra ma muse. »

Aussitôt sa phrase terminée, l'accent circonflexe formé par ses sourcils s'accentua. Il ressortit les pans de sa chemise de son pantalon et recommença à user le carrelage.

« Vous allez la trouver votre muse. Elle est là, quelque part. C'est certain, Ronnie. On a tous notre douce moitié qui se promène quelque part… suffit de tomber dessus ! J'en suis persuadée. »

Elle put à peine entendre la réponse qu'il lui offrit.

« Regardez-moi, je suis un vrai cliché avec ce syndrome de personnalités multiples qui se pointe le bout du nez chaque fois que je suis stressé… » Il s'arrêta de marcher. « Ça pourrait être pire, n'est-ce pas, Anabelle ? Ça pourrait être pire, je pourrais être… un assassin, un meurtrier, ou un tueur en série ! Un tueur en série, vous vous imaginez, Anabelle ? Au moins, il y aurait peut-être un scénario qui soit vendable là-dedans. Tous les scénarios avec un tueur en série sont populaires. »

« Il y en a déjà un vrai tueur en série qui terrorise notre ville, monsieur Kaufmann, vous n'avez même pas besoin d'en imaginer un ! Gardez votre idée, c'est une bonne idée. »

« Oui, c'est vrai, vous avez raison Anabelle. Je dois continuer de me concentrer sur mon scénario. Je ne dois pas me laisser distraire. Les histoires de tueurs en série, c'est passé de mode. Mais ces trois scènes me rendent fou. »

« Vous êtes un homme talentueux qui a juste besoin d'un peu de soins attentionnés. Ça va aller, Ronnie. Nous allons bien nous occuper de vous et tout va bien aller. Est-ce que vous avez besoin d'autre chose pour l'instant ? »

« Oui, ça devrait aller. Ça va aller. Je vais me sortir de cette impasse… trois scènes, c'est tout ce qu'il me faut. Trois scènes… et une muse. Ensuite j'irai beaucoup mieux. Ensuite, je serai heureux… »

Il marmonnait toujours lorsqu'Anabelle quitta la pièce.

La chambre de sa prochaine patiente était plongée dans l'obscurité lorsqu'Anabelle y entra. Sa patiente était toujours blottie dans son lit et lui tournait le dos. Anabelle fit de la lumière, alla ouvrir les rideaux et annonça avec entrain que c'était l'heure de ses médicaments.

« Encore ? Mais quelle heure est-il ? »

« Il est l'heure de se lever. Vous dormez beaucoup… »

Anabelle aida sa nouvelle patiente à se remonter dans son lit en arrangeant les oreillers derrière son dos.

« Vous avez l'air bien, madame Montfort, lui mentit-elle, est-ce que vous vous sentez mieux ? »

« Oui, ça va mieux. C'est très tranquille ici, et silencieux. »

Anabelle offrit une pilule à Lise qu'elle l'encouragea à avaler avec un verre d'eau et prit ensuite sa tension artérielle.

« Votre tension est encore un peu élevée mais elle s'en va dans la bonne direction. Vous devriez sortir de votre chambre aujourd'hui… aller à la salle d'activités et vous mêler aux autres… »

Elle regarda alors sa patiente d'un œil critique. « En fait, je pense que vous devriez rencontrer Ronnie… monsieur Kaufmann. Je pense que vous allez vous entendre comme deux poissons dans l'eau, Ronnie et vous. »

« Lise, appelez-moi Lise. » Elle se mit à essayer de mater la pagaille de ses cheveux de la paume de ses mains. « Vous pensez ? »

« On va vous faire une toilette. Ça va vous faire sentir comme une nouvelle femme, madame… Lise. Je dis toujours qu'il n'y a rien de mieux pour remonter le moral que d'appliquer une bonne couche de rouge à lèvres. » Elle se dirigea vers la penderie et en sortit le sac à main et le sac de voyage que la femme de ménage avait apportés suite à l'admission de sa patronne.

« Wow, quel beau sac à main ! » ne put s'empêcher de s'exclamer Anabelle, en flattant le velours bleu royal du sac orné du double G doré distinctif de la marque Gucci. Anabelle, qui aurait beaucoup aimé avoir un vrai sac Gucci, pas une de ces copies qu'on peut acheter dans le quartier chinois, sentit une pointe de jalousie la chatouiller.

« Merci. C'est un vieux sac. »

Anabelle trouva bien vite ce qu'elle cherchait dans le sac de voyage : une brosse à cheveux et un petit miroir avec un manche. Elle donna les instruments à sa patiente.

« Qu'est-ce qui est arrivé à votre main, Lise ? C'est un bien gros bandage que vous avez là. »

« Oh, juste un petit accident qui, d'après Thomas, va *complètement* altérer la trajectoire de ma vie. »

« Thomas ? »

« C'est mon clairvoyant. »

« Votre clairvoyant ? »

« Oui, mais je commence à soupçonner qu'il y voit moins clair que j'espérais et qu'on a pas mal plus le contrôle de notre destinée que je ne le pensais. De pouvoir dormir à poings fermés pendant deux jours, même avec une main bandée, a déjà commencé à mettre de l'ordre dans mes idées. »

« Je suis bien contente d'entendre ça ! » dit Anabelle et elle continua de chercher ce qui pourrait aider la femme à devenir plus présentable.

« Il n'y a même pas un seul bâton de rouge à lèvres dans cette trousse de toilette ! »

« Mon sac à main… »

Anabelle le lui tendit et Lise le retourna pour en vider le contenu sur le lit.

Parmi les items qu'on pouvait retrouver dans tous les sacs à mains de femmes, il y avait bien trois bâtons de rouge à lèvres, mais il y avait aussi un portefeuille de cuir noir qui détonnait dans le tout par sa masculinité. Lise fronça les sourcils en voyant l'objet. Elle le prit dans ses mains pour l'observer avant de le relancer sur le lit comme si elle s'y était brûlé les doigts.

Le visage de sa patiente devint aussi blanc que le drap qui couvrait son lit, si bien qu'Anabelle se demanda quel fantôme elle pouvait bien avoir vu.

« Qu'est-ce qu'il y a ? Qu'est-ce qui se passe ? »

Anabelle, curieuse de savoir ce qui avait tant perturbé sa patiente, prit à son tour le portefeuille, l'ouvrit et en retira une liasse de billets de cent dollars tout neufs, à part celui du dessus, qui avait l'air d'avoir vu des jours meilleurs. La nuque lui piqua. À nouveau.

« Mon mari mort. Il me hante. Il s'entête à vouloir me ruiner la vie. »

Anabelle regarda la photo miniature du permis de conduire de près.

« Il est mort ? Ben, peut-être qu'il vous ruine la vie, mais vous êtes loin d'être ruinée financièrement, on dirait. Ça doit quand même beaucoup aider ! »

« Vous savez, des fois j'aimerais ça ne pas avoir tout cet argent. Les gens s'attendent à ce que vous soyez heureux, juste parce que vous êtes riche. Mais ça ne fonctionne pas comme ça. Tout le monde pense que ma vie doit être parfaite. Je n'ai même pas le droit d'être malheureuse et de me sentir seule. Si j'ose me plaindre, on me le remet sur le nez, sinon par la parole, par le regard. En fait, les jugements silencieux sont ceux qui parlent le plus fort. On me fourre dans une boîte dorée et on jette la clé. Moi, je vous dis que c'est dans une véritable boîte de Pandore que je me trouve ! La pauvre petite femme riche ! Toujours ! C'est vraiment vrai ce qu'on dit, vous savez ? L'argent n'achète pas le bonheur. »

Anabelle ne put s'empêcher de porter un jugement sur la pauvre petite femme riche. *L'argent n'achète pas le bonheur…* c'est une phrase que les pauvres se répètent à voix haute pour se convaincre qu'ils ne seraient pas plus heureux s'ils en avaient, de l'argent. L'argent n'achetait peut-être pas le bonheur mais elle savait trop bien, par expérience depuis son enfance, que le bonheur est bien loin des pensées de ceux qui ne peuvent même pas se permettre de combler les besoins physiologiques de base de la pyramide de Maslow. Encore aujourd'hui, son besoin de sécurité, juste au-dessus de la base dans la pyramide, motivait inconsciemment la plupart de ses choix.

« Je comprends », la rassura Anabelle. Elle était sur le point de remettre les billets dans le portefeuille quand les paroles de Lise la firent interrompre son geste.

« Non ! Prenez-le ! »

« Pardon ? »

« Prenez-le, prenez l'argent. »

« Prendre l'argent ? »

« Oui, prenez-le, insista Lise, je n'en veux pas. »

« Vraiment ? » Anabelle regarda instinctivement par la porte ouverte, question de voir si Cruella d'Enfer n'était pas en train d'épier tous ses gestes. « Je ne sais pas si j'ai le droit… »

« Donnez-le à l'hôpital alors ! Aux services pédiatriques ? Je m'en fous, mais je n'en veux pas. Je ne peux même pas m'imaginer ce que je pourrais vouloir acheter avec cet argent. »

Anabelle accepta donc le cadeau de sa patiente, dont l'insistance était impossible à résister, en pliant la liasse en deux et en la sécurisant à l'aide de l'élastique à cheveux rose solitaire qui entourait son poignet. Elle fourra ensuite les billets bien

profondément à l'intérieur du bonnet rembourré qui enveloppait son sein gauche. Le coin fourché du seul vieux billet de la
liasse lui titilla le mamelon. Anabelle jubilait intérieurement.

Elle montra ses mains vides à sa patiente en la rassurant.
« Vos désirs sont des ordres, Lise. » Et pour mettre un terme à
l'échange avant que sa patiente revienne à la raison et change
d'idée, elle se dépêcha de faire disparaître le portefeuille dans
le sac de voyage et de choisir un des trois bâtons de rouge à
lèvres qui étaient sur le lit.

« Finissons donc de vous mettre belle pour monsieur
Kaufmann. »

« Pouvez-vous me le décrire… monsieur Kaufmann ? »

« Hum, voyons voir. Ronnie Kaufmann est un homme
doux et créatif. Il a de très beaux yeux dans lesquels il n'y a
aucune trace de malice. Il est très intelligent… Il a quelques…,
comment dirais-je, bizarreries de personnalité, mais elles le
rendent encore plus charmant, à mon avis. »

Anabelle sourit.

« Et de quelle couleur sont ses cheveux ? »

« Ses cheveux ? »

« Oui, de quelle couleur sont ses cheveux ? » insista Lise.

« Il est blond, je crois… Oui, c'est ça, Ronnie Kaufmann est
définitivement blond ! Ou châtain ? En tout cas, il est blond
ou châtain. »

Lise sourit.

Il faisait noir depuis longtemps lorsque Lucie et Anabelle
sortirent ensemble de l'hôpital et se dirigèrent vers le trottoir.

« J'ai tellement mal aux pieds. Billy ne vient pas te chercher
ce soir ? »

« Non, pas ce soir. Il a un rendez-vous avec une agente. Une femme. Bien sûr. »

« T'es jalouse ? Mais qu'est-ce que t'attends de toute façon ? Vous êtes parfaits l'un pour l'autre et il est fou de toi, Billy. »

« Il est beau comme un dieu, fantastique au lit, drôle… mais soyons réalistes, il est chauffeur de taxi. Encore pire, il est artiste-chauffeur-de-taxi et n'a probablement aucun talent. Comment on sait si on a du talent ? Moi, en tout cas, je suis incapable de le déceler. Non, j'ai besoin d'un homme qui a les deux pieds bien plantés sur terre et une carrière professionnelle lucrative bien établie. »

« Je l'prendrais bien, moi, ton Billy. »

« Ah, mais je ne suis pas encore prête à le laisser aller… On s'amuse très bien pour l'instant. »

« Tu prends un Uber ? »

« Non, je vais prendre l'autobus. Je vais économiser l'argent. Peux-tu croire que j'ai enfin assez d'argent pour me payer mon augmentation mammaire ? »

« Une augmentation mammaire ? Mais pourquoi voudrais-tu faire ça ? Si je n'étais pas aussi terrifiée de la chirurgie, je me ferais faire une réduction demain matin. C'est quoi le problème avec tes seins, de toute façon ? T'en as bien assez. » Elle regardait la poitrine d'Anabelle.

« C'est de l'illusion, Lucie. Je veux la vraie affaire. » Elle baissa les yeux sur l'ample poitrine de son amie. « Tu ne peux pas comprendre. »

Anabelle défit son chignon et enleva l'élastique de ses cheveux. Elle secoua la tête à la façon d'une pub de shampoing et rattacha sa chevelure dans une haute queue de cheval.

« J'aimerais tellement avoir des cheveux beaux comme les

tiens… Mais t'as pas peur avec le tueur en série qui se balade dans la ville et qui cible les blondes ? T'as pas envie de changer de couleur ? Il me semble que le brun t'irait à ravir. »

« T'es folle ? Mes cheveux sont un de mes meilleurs atouts, jusqu'à ma chirurgie du moins ! De toute façon, il y a des millions d'habitants dans cette ville, il faudrait vraiment que je sois malchanceuse pour tomber dessus. Mais c'est un peu pour ça que je prends le transport en commun, il ne faut pas non plus forcer la main au destin, quand même. »

Elles arrivèrent à l'arrêt au même moment que l'autobus d'Anabelle s'y arrêtait.

« Regarde-moi ça. T'es chanceuse, moi je vais devoir greloter à attendre le mien pendant vingt minutes. »

« Oui, la chance n'arrête pas de me sourire aujourd'hui ! Ça n'arrive pas souvent, j'en profite… À demain, Lucie ! »

« À demain, Anabelle ! »

Anabelle monta dans l'autobus qui était vide à part un jeune homme noir qui portait un gilet à capuchon bourgogne assis sur un siège qui faisait face au centre du véhicule. Les traits de son visage étaient cachés par l'ombre du capuchon relevé sur sa tête.

Anabelle le dépassa en feignant de l'ignorer et alla s'asseoir bien loin de lui au fond de l'autobus. Elle choisit un siège qui lui permettait tout de même de garder un œil vigilant sur tous ses gestes. Il valait mieux être prudente avec les fous qui déambulaient librement.

L'autobus démarra et Anabelle se permit de regarder par la fenêtre pour rêvasser. Elle prendrait rendez-vous dès le lendemain pour son opération. Elle avait depuis longtemps sélectionné le chirurgien qui lui façonnerait la poitrine de ses rêves. C'était un chirurgien célèbre qui avait contribué au physique d'innombrables célébrités d'après l'émission de télé-réalité qu'elle regardait sans faute chaque semaine. En fait, avec ses économies et le deux mille dollars (aussitôt sortie de la chambre de Lise Montfort, elle était allée se cacher dans une cabine de toilette pour compter son magot), il lui resterait même assez d'argent pour s'acheter quelques soutiens-gorge de dentelle, sans rembourrage, à sa nouvelle taille.

Elle regarda alors du côté de l'homme noir et malgré qu'elle ne puisse pas voir ses yeux sous son capuchon, elle était persuadée qu'il la dévisageait.

Il tourna la tête aussitôt qu'elle regarda dans sa direction. Ceci se produisit deux autres fois. Ce fut suffisant pour qu'Anabelle cesse de rêvasser et reste bien présente dans la réalité jusqu'à ce que l'autobus arrive à son arrêt.

Anabelle se leva et se dirigea vers la sortie, n'ayant pas le choix de passer devant l'homme qui, par chance, restait assis. Mais une fois à l'extérieur, à travers la fenêtre, elle le vit se lever, passer son sac à dos sur une épaule et se dépêcher vers la sortie de l'autobus.

Anabelle retint son souffle et accéléra le pas. En se retournant, elle put voir qu'il était descendu du véhicule et se dirigeait dans sa direction. Il n'était pas très loin derrière elle. Elle trottait maintenant, ne voulant tout de même pas laisser la panique la forcer à galoper. Pas que ses bottes le lui auraient permis, de toute façon. Elle se retourna. L'écart entre lui et elle semblait se refermer plutôt que de s'agrandir.

En passant devant la fenêtre du Café du Coin, elle vit à l'intérieur un homme la suivre du regard. Au coin de la rue, elle dut s'arrêter de marcher pour éviter de se faire renverser par une voiture qui passait. Complètement paniquée, elle se retourna juste à temps pour voir l'homme noir qui l'avait suivie traverser la rue en diagonale et tourner dans la rue perpendiculaire à celle qu'elle devait prendre pour se rendre chez elle.

Elle soupira de soulagement, se retourna vers la rue qu'elle devait traverser et poussa un cri lorsqu'elle se frappa contre l'homme qui l'avait regardée à travers la fenêtre du café quelques secondes plus tôt.

Elle leva son regard apeuré vers lui et toutes ses craintes se dissipèrent comme par magie quand elle vit les beaux yeux bleus délavés qui lui souriaient. Cet homme était parfait, mis à part peut-être le drôle de manteau de cuir vert qu'il portait. Il était encore plus beau que Billy, avec ses cheveux noirs, ses yeux pâles, son nez droit qui était juste assez long.

« Tout va bien, mademoiselle ? »

Anabelle regarda dans la direction de l'homme noir qui disparaissait maintenant à l'autre coin de rue et se sentit ridicule d'avoir presque paniqué, sans plus aucune raison apparente.

« Je pense que cet homme me suivait. Vous devez l'avoir effrayé. Ça me paraît un peu ridicule maintenant. »

« Pas du tout. On ne sait jamais de nos jours. Ça peut être dangereux pour une belle femme de marcher seule dans les rues, surtout lorsqu'il fait nuit. »

« Et où donc pourrais-je trouver un garde du corps ? »

« Je suis à votre service. N'importe quoi pour une blonde en détresse. »

Anabelle émit un petit rire et battit des cils.

« Oh, mais où donc avez-vous laissé votre cheval blanc ? »

« Dans cette direction », dit-il en pointant du menton la

direction dans laquelle Anabelle semblait vouloir se diriger.

« Quel beau clin d'oeil du destin puisque j'habite justement par là. »

« Quelle merveilleuse coïncidence. Je me ferai un plaisir de m'assurer que vous arriviez à destination bien en sécurité. »

Anabelle était aux anges.

« Un garde du corps *et* un ange gardien, c'est vraiment mon jour de chance ! Je m'appelle Anabelle… »

« Anabelle… Je m'appelle… Andy. »

Andy, qui jusqu'à cet instant avait gardé ses mains enfoncées dans les poches de son manteau de cuir, sortit une main gantée pour lui offrir un bras chevaleresque qu'elle accepta bien volontiers.

« Andy, mon héros. » Elle détailla son beau visage. « Est-ce qu'on s'est déjà rencontrés ? À l'hôpital, peut-être ? Je suis infirmière à l'aile psychiatrique de l'hôpital général… »

« C'est possible. Je suis docteur… »

« Un docteur. Andy, le docteur. Je suis tout ce qu'il y a de plus enchantée de faire votre connaissance, docteur Andy… » Anabelle referma son emprise autour du bras du bel homme. « Que la vie est belle, vous ne trouvez pas ? » demanda-t-elle.

Andy ne répondit pas.

« Cette journée parfaite n'aurait pas pu mieux se terminer ! » furent les derniers mots d'Anabelle alors qu'ils sortaient de la clarté offerte par le lampadaire de rue et s'enfonçaient dans l'obscurité profonde.

𝔗ribune 𝔐étropolitaine

LE CRIME D'UNE VIE

Le corps de la cinquième victime de l'Étrangleur de Barbie, Anabelle Price, jeune infirmière de 26 ans, a été retrouvé hier après-midi dans son appartement de la rue de la Perdition. La triste découverte a été faite par son petit ami qui a dû ensuite être traité pour choc émotionnel. Selon le médecin légiste, la victime aurait été assassinée lundi soir entre 21 h et minuit et la mort est survenue par étranglement.

Les inspecteurs Dupuis de la police métropolitaine nous ont assuré que le crime ne pouvait avoir été commis que par l'*Étrangleur de Barbie* qui terrorise les femmes blondes aux cheveux longs de la ville depuis bientôt cinq mois, mais n'ont pas voulu faire davantage de commentaires sur les détails entourant le crime. Nous avons toutefois appris de source sûre que, comme dans le cas des quatre victimes précédentes, le meurtrier n'a laissé aucune trace derrière lui qui pourrait aider la police à l'identifier. La victime, de père inconnu et orpheline de mère, avait, comme les autres, été déguisée en poupée grandeur nature. Elle sera regrettée par ses patients et collègues. « L'infirmière Price était d'une gentillesse et d'un dévouement exemplaires. Sa mort laisse un grand vide dans l'aile psychiatrique de l'hôpital », a déclaré Prunella Seville, infirmière en chef de l'aile psychiatrique de l'hôpital général.

ligne 6

Le crime d'une vie

Mercredi 24 novembre 2021

UNE AUTRE BLONDE PÉRIT AUX MAINS DE L'ÉTRANGLEUR DE BARBIE

Le corps de la cinquième victime de l'Étrangleur de Barbie, Anabelle Price, jeune infirmière de 26 ans, a été retrouvé hier après-midi dans son appartement de la rue de la Perdition. La triste découverte a été faite par son petit ami qui a dû ensuite être traité pour choc émotionnel. Selon le médecin légiste, la victime aurait été assassinée lundi soir entre 21 h et minuit et la mort est survenue par étranglement.

Les inspecteurs Dupuis de la police métropolitaine nous ont assuré que le crime ne pouvait avoir été commis que par l'Étrangleur de Barbie qui terrorise les femmes blondes aux cheveux longs de la ville depuis bientôt cinq mois, mais n'ont pas voulu faire davantage de commentaires sur les détails entourant le crime. Nous avons toutefois appris de source sûre que, comme dans le cas des quatre victimes précédentes, le meurtrier n'a laissé aucune trace derrière lui qui pourrait aider la police à l'identifier. La victime, de père inconnu et orpheline de mère, avait, comme les autres, été déguisée en poupée grandeur nature. Elle sera regrettée par ses patients et collègues. « L'infirmière Price était d'une gentillesse et d'un dévouement exemplaires. Sa mort laisse un grand vide dans l'aile psychiatrique de l'hôpital », a déclaré Prunella Seville, infirmière en chef de l'aile psychiatrique de l'Hôpital général.

La photo de fin d'études d'une jeune fille aux cheveux qu'on devinait d'un blond très pâle dans le ton du gris du papier journal qui accompagnait l'article de la Tribune métropolitaine prenait une grande partie de la première page. La légende de la photo indiquait qu'il s'agissait d'**Anabelle Price, 5e victime de l'Étrangleur de Barbie.**

Jean Raté lisait l'article assis à sa table pour quatre qui trônait au milieu de la pièce de son appartement, pièce qui lui servait de cuisine/salle à manger/salon. Il détaillait le visage de la jeune fille éternellement figé dans son sourire insouciant qui était d'une inconvenance à vous faire passer des frissons dans le dos quand on vient de lire les circonstances tragiques de sa fin. On ne pouvait que se dire inconsciemment : « Ah ! Si elle avait su… » sans jamais être capable de terminer sa phrase autrement qu'avec des points de suspension. Les points de suspension peuvent en dire long.

« Elle te ressemblait beaucoup, Juliette ». Jean Raté avait fait la remarque et, sans attendre de réponse, il avait poursuivi : « C'est dommage, elle avait un beau rire. Tu sais, un de ces rires profonds qui semble provenir des entrailles. Et ses yeux ! Ses yeux étaient du même vert que ta robe. » À ce moment-là, il fronça les sourcils et fixa intensément les yeux de la photo du journal comme pour colorier les iris gris du même vert que la robe de Juliette par la seule force de sa volonté.

« Elle avait une petite cicatrice toute blanche qui traversait la moitié de sa gorge. Je me demande bien comment elle se l'était faite. » Il flattait de son index sans ongle la gorge dévoilée de la jeune fille. Elle avait une chaîne autour du cou (Jean savait bien que c'était une chaîne en or malgré le gris de la photo) ; au bout de la chaîne pendait une petite croix (aussi en or), mais sa gorge ne laissait deviner aucune cicatrice (blanche ou grise), même si on l'avait détaillée à la loupe.

« Ça a dû se produire après la prise de cette photo… J'ai pensé lui demander ce qui lui était arrivé, mais je n'ai pas eu le temps. Elle ne m'en a pas laissé le temps… »

Il déposa alors le journal sur la table qu'il cogna de son poing dans une exclamation colérique. Si la photo d'Anabelle Price avait été une personne en chair et en os, elle aurait reçu l'attaque directement sur le menton.

Il pensa à ses longues jambes fines et à ses petits seins parfaits.

« Et maintenant, je suis encore tout seul. »

Ses yeux bleus délavés commencèrent à reluire d'eau, mais avant même qu'une seule larme puisse y prendre forme, Jean se dépêcha de les assécher du revers de ses mains qui avaient été défigurées par le feu il y avait de cela bien longtemps. La peau fine cicatrisée, striée de blanc et de rouge, se tortillait dans tous les sens comme si elle s'était fait prendre dans un tourbillon infernal et s'était figée dans un chaos diabolique et éternel. Le feu, dans sa destruction ironique, avait lavé les paumes de ses mains de toute indication qui aurait pu servir à un clairvoyant pour déchiffrer l'avenir écrit sur ses lignes de cœur, de tête, de vie et, bien sûr, de destinée. Ses deux paumes étaient aussi lisses que les fesses d'un poupon. Le feu avait aussi, au grand désarroi de la police métropolitaine, effacé toute trace d'empreintes digitales qui aurait pu servir à identifier leur tueur en série. Jean Raté, alias Frédérick Krucker, Normand Batis, Dorian Grisaillon, Patrick Batardy et, plus récemment, Andy Dufrenette, avait fondu dans un anonymat aussi complet que Monsieur X le jour où les flammes avaient léché son corps entre ses mollets et son cou, alors qu'il était âgé d'environ douze ans.

« Quoi ? »

Il renifla et écouta le silence de son appartement qu'il maintenait brisé en permanence par les voix qui sortaient de son appareil de radio.

« Ah oui, je sais, je suis désolé. Je sais, tu es là, toi, Juliette. Pardonne-moi. »

Il tendit l'oreille et se leva pour monter le volume.

— … un tueur en série qui terrorise notre belle ville et la police n'a encore aucun suspect en vue. Souhaitons donc la bienvenue à notre prestigieuse invitée, docteur Rosa Rockwell, psychologue médico-légale et auteure du livre à succès Les secrets des tueurs en série. *Bienvenue à notre émission, docteur Rockwell…*

— Ça me fait plaisir d'être ici. Merci de m'avoir invitée,

— Docteur Rockwell, la question à cent dollars, que dis-je, la question à un million qui passe dans la tête de tous nos auditeurs est : Comment devient-on qui on est, qui on devient ? Mais, surtout, comment peut-on naître un bébé inoffensif et grandir pour devenir un être ignoble qui arrache la vie à des âmes innocentes de ses mains nues… N'oublions pas que notre meurtrier est un étrangleur, qu'il décide donc de retirer la vie de ses victimes à l'aide de ses propres mains et non d'une arme, et que –

— C'est une très bonne question, et bien entendu très complexe. Si on avait une réponse à cette bonne question, peut-être pourrait-on trouver une cure au mal de vivre qui doit habiter l'âme des tueurs ? On pourrait peut-être les détecter avant même qu'ils puissent – car la majorité des tueurs en série sont des hommes – prendre la vie de leur première victime…

— … bien sûr, bien sûr, mais pouvez-vous nous dire, docteur Rockwell, ce que vous pensez de l'Étrangleur de Barbie ?

— Comme j'ai dit, il n'y a aucun doute que nous avons affaire à un homme. Il semble qu'il y ait toujours un élément de confiance qui ait été créé entre lui et ses victimes. Le désir de nature sexuelle semble être son motif puisqu'il s'attaque à un moule de femme bien défini, celui de belles jeunes femmes toutes caractérisées par une longue chevelure blonde. D'où son surnom, vous le savez bien, puisque si je ne me trompe, c'est vous-même qui lui avez attribué le surnom d'Étrangleur de Barbie suite à la découverte de la seconde victime.

— Oui, c'est bien ça, c'est bien moi qui l'ai baptisé…

— Mais aucune des victimes n'a été violée. Notre tueur est possiblement impotent et probablement très charismatique pour pouvoir s'approcher de ces femmes. Et étant donné l'âge de ses victimes, il n'est lui-même pas très âgé. Le fait qu'il tente de transformer chaque victime en poupée démontre un élément fétiche. J'irais même jusqu'à rajouter qu'il est sans doute atteint d'un profond trouble psychologique puisqu'il s'efforce de positionner et de maquiller ses victimes de façon à leur donner une allure vivante qui, je vous l'assure, ne fonctionne pas du tout et doit rajouter au désarroi qui l'habite...

— Mais quelle pourrait bien être l'histoire de ce tueur charismatique, docteur Rockwell? Avez-vous une idée?

— C'est une très bonne question. Je peux vous dire que la majorité des tueurs en série ont souffert un quelconque traumatisme pendant leur enfance...

Jean n'écoutait plus et dévisageait Juliette.

«Une très bonne question», répéta-t-il.

Jean n'avait aucun souvenir de ses quatre premières années d'existence. Son premier souvenir remontait au jour de la découverte de la mort par overdose au crack de sa mère biologique. Il se vit, tout petit, les épaules entourées d'une couverture qui lui piquait la peau, assis dans le coin d'un appartement miteux en train de dévorer un beigne qu'un homme en uniforme lui avait offert. Le beigne, à l'intérieur duquel s'était caché un mélange extatique de crème fouettée et de confiture à la fraise, avait été la meilleure chose qui ait touché ses papilles gustatives jusqu'à ce jour. En fait, depuis ce jour, aucune autre nourriture n'avait créé une telle impression sur lui ou ses papilles gustatives. Le goût du beigne avait momentanément atténué l'odeur qui empestait l'atmosphère et qui, lui semblait-il, avait continué de lui coller à la peau pendant longtemps. Le beigne avait aussi réussi à estomper la terreur causée par tous les étrangers qui s'affairaient dans l'appartement, trop occupés par la source de la puanteur pour se préoccuper de lui. Il avait gardé sa concentration rivée sur le policier qui lui avait offert à manger. Celui-ci discutait avec un autre homme. Si Jean avait pu entendre – ou même comprendre – la conversation entre les deux hommes, il aurait entendu ceci :

« C'est les voisins qui ont appelé la fourrière parce qu'ils en avaient assez d'entendre chigner un chien chez la voisine. »

« Un chien ? »

« Ben oui, un chien. »

Ils se retournèrent brièvement pour regarder l'enfant qui attendait sagement dans un coin que les services sociaux viennent le chercher. Il avait la moitié de la figure tachée de confiture rouge.

« Personne n'avait l'air de savoir qu'elle avait un enfant. Il est mal nourri et je sais pas quand il a pris un bain pour la dernière fois. On a trouvé une paire de ciseaux et une boîte de biscuits soda vide par terre. » Il pointa alors la vingtaine de papiers Cellophane qui jonchaient le sol un peu partout autour d'eux. « On dirait qu'il a survécu aux biscuits soda et à Dieu sait quoi d'autre depuis Dieu sait quand. Le médecin légiste a dit que la mère, ou la femme qui habitait ici, était morte il y avait bien trois jours. Imagine… Il regardait des dessins animés à la télé quand on est arrivés. »

Ils avaient regardé l'enfant à nouveau.

« C'était qui la mère ? »

« Un cas classique de prostituée droguée comme on en voit trop souvent. Elle avait l'air quand même âgée, ou ce sont les drogues qui ont fait leurs ravages. On cherche des pièces d'identité dans ce trou, mais on trouve juste des vieilles seringues et des cannettes de Budweiser vides. »

« Et comment il s'appelle, le petit ? »

« Aucune idée. Il ne répond pas encore quand on lui parle et on n'a pas trouvé de certificat de naissance. C'est comme si il n'existait pas. »

En fait, les policiers ne découvriraient jamais que la mère de l'enfant, qu'ils avaient décidé de prénommer Jean, parce qu'il lui fallait bien un nom, lui avait donné naissance dans l'appartement miteux dans lequel ils se trouvaient. Jusqu'au jour de la naissance prématurée du bébé, elle n'avait même pas compris, dans son état quasi permanent de fuite de la réalité par les drogues et l'alcool, qu'elle avait été enceinte. Même les douleurs des contractions avaient été anesthésiées au point qu'elle avait pensé souffrir d'un mal de ventre jusqu'à ce que le bébé tombe dans la toilette. Jean aurait dû mourir si souvent depuis ce jour qu'on aurait pu se demander quelle destinée extraordinaire le bon Dieu lui avait réservée. Dieu sait ce qu'elle devait avoir elle-même enduré pour en arriver là. En fait, elle aurait été bien embêtée de savoir lequel de ses nombreux clients avaient été le géniteur, pas qu'elle ne se soit jamais arrêtée à se poser la question.

Jean avait passé les quatre années suivantes dans un orphelinat où on l'avait nourri trois fois par jour et où on lui avait appris ce que tout enfant de son âge devait savoir. La totalité de ses quatre années d'orphelinat pouvait être décrite en quelques lignes, une routine quotidienne n'ayant pour ainsi dire jamais varié. Jusqu'au jour où on l'avait emmené chez les Raté.

Il se revit dans l'entrebâillement de la porte de la chambre à coucher de rêve d'une petite fille (dont il avait déjà vu une réplique dans les pages d'un catalogue Sears), en train de regarder deux femmes plongées dans une conversation qu'il ne comprenait pas vraiment.

Madame Raté avait pris un cadre qui contenait la photo d'école d'une petite fille souriante aux cheveux couleur d'ébène et aux yeux bleus délavés et la montrait à la femme qui avait conduit Jean chez les Raté. La femme refusa de lâcher prise quand l'autre tenta de s'approprier du cadre pour mieux la détailler.

« N'est-elle… N'était-elle pas belle, ma Julie ? »

« Oui, elle l'était. Jean a à peu près le même âge que Julie avait quand... Ils se ressemblent beaucoup. Ils auraient presque pu être frère et sœur. »

« C'est vrai qu'il lui ressemble, n'est-ce pas ? C'est vraiment étrange… »

Madame Raté reprit l'entière possession du cadre où reposait le dernier portrait de sa fille chérie décédée et le serra contre son cœur. Elle alla ensuite vers le petit lit où reposait une grosse poupée neuve vêtue d'une robe verte et dont la chevelure blonde était retenue en couettes de chaque côté de sa tête de plastique par des rubans d'une couleur assortie à celle de sa robe. La poupée ouvrit de grands yeux bleus lorsque madame Raté la prit dans ses bras.

« C'est Juliette », la présenta-t-elle à l'agente d'adoption, « Julie adorait les poupées comme vous pouvez le voir », ajouta-t-elle en pointant les amas de poupées qui étaient dans tous les recoins de la chambre, mais Juliette était sa préférée. On la lui a offerte pour son anniversaire, juste treize jours avant… »

Un silence lourd de non-sens s'ensuivit, puisque même si on se démenait à se creuser les méninges, on ne pourrait trouver aucun sens à la mort prématurée d'un enfant. Mieux valait essayer de se concentrer sur les enfants bien vivants.

« Et c'est quoi, exactement, l'histoire de Jean ? »

« C'est une très bonne question, madame Raté… »

Jean n'avait pas pu entendre la réponse à cette très bonne question puisqu'à ce moment précis, monsieur Raté l'avait attrapé gentiment par le bras et lui avait fait signe de le suivre au salon. Jean se souvenait de s'être demandé comment l'homme pouvait se tenir debout tellement ses épaules étaient courbées vers l'avant. Il avait eu l'impression que monsieur Raté aurait dû aller se planter le nez sur le plancher à chaque pas qu'il faisait.

Monsieur Raté s'était assis dans une chaise berçante et avait indiqué à Jean de prendre place dans le fauteuil qui lui faisait face. Il avait pointé le ruisseau au bout du jardin qu'ils pouvaient apercevoir à travers la fenêtre et avait déclaré d'une voix où toute émotion avait depuis longtemps disparu : « C'est là qu'elle s'est noyée, ma p'tite Julie. » Il ne regardait pas Jean, il regardait le ruisseau comme s'il pouvait revoir la scène qui avait dévasté la tranquillité de sa p'tite vie ; scène à laquelle il n'avait pas assisté, mais que son cerveau l'avait forcé à imaginer tant de fois qu'il avait presque l'impression d'y avoir fait fonction de figurant impuissant. Un figurant désespérément impuissant, c'est comme ça qu'il se sentait.

« Six pouces d'eau. Peux-tu croire ça ? Elle courait probablement après un lapin, est tombée, s'est cogné la tête sur la *seule* roche qui était proche et s'est noyée dans six pouces d'eau. C'est presque comme si le bon Dieu avait décidé que c'était son heure à ma p'tite Julie. Mais à quoi il peut ben penser le sacrement de bon Dieu ? Y'a des monstres qui vivent jusqu'à cent ans en laissant des lignées de ravages derrière eux et il laisse un ange comme ma p'tite Julie mourir dans un accident stupide à faire pleurer. »

Monsieur Raté ne posait pas vraiment ces questions à Jean dont il avait oublié la présence pendant un moment. Il avait semblé surpris de le voir quand il avait détourné le regard du ruisseau maudit pour regarder devant lui. Il avait machinalement sorti un paquet de cigarettes de la poche de sa chemise. Il pointa le menton dans la direction de la chambre de Julie.

« Elle dormait. Une migraine. Encore une migraine. Ma p'tite Julie se noie dans six pouces d'eau pendant qu'elle, elle dort comme un bébé dans le milieu de l'après-midi. »

Il avait sorti de la poche de son pantalon un briquet doré au butane sur lequel étaient gravées les lettres « J. R. ». Junior Raté avait rabattu le couvercle du briquet d'un glissement expert du pouce qui avait failli à faire apparaître la flamme quand il en avait tourné la roulette. Monsieur Raté pouvait manipuler l'objet aussi efficacement qu'un cowboy du Far West qui s'était entraîné à se battre en duel au revolver, si ça n'avait été du fait que le briquet était un « sacrement de morceau de ferraille ». Il lui avait fallu trois essais avant qu'il puisse enfin allumer la cigarette collée à sa lèvre inférieure.

« T'aimes les films ? »

Trois ans plus tard, alors que Jean était couché sur le lit qui avait abrité les nuits de la p'tite Julie avant sa mort et les siennes à lui depuis son adoption, il avait écouté la fin de la dernière dispute des Raté. Il faisait un duel du regard fixe avec Juliette qu'il gardait adossée sur ses cuisses, duel qu'il perdait toujours.

« Tu peux pas continuer de l'traiter comme ça ! Il n'est pas Julie. Julie est morte, il faudrait bien que tu te rentres ça dans ta p'tite cervelle malade. »

« Tais-toi ! J'te déteste ! Pourquoi c'est pas toi qui es mort ? J'aurais la paix ! »

« J'en peux plus. C'est pas une vie. T'es complètement folle. »

Le cadre contenant le dernier portrait de Julie qui était accoté sur le dessus de la commode de Jean était tombé face première avec un *tac* sonore quand le mari avait mis un terme à leur discorde (et à leur mariage) en claquant la porte d'entrée derrière lui, comme il l'avait fait si souvent auparavant. Junior Raté n'était revenu que bien plus tard pour ramasser une boîte de ses affaires alors que Jean était à l'école.

Jean avait trouvé le briquet Zippo – l'*use-pouce* comme l'avait appelé son père adoptif – dans un tiroir de la cuisine et se l'était approprié comme unique souvenir paternel qu'il ait jamais eu de sa vie ; à partir de ce jour-là, les initiales gravées sur le briquet avaient identifié qu'il appartenait à *Jean* Raté plutôt qu'à *Junior* Raté.

Jean entendait presque les oiseaux chanter et le ruisseau couler lorsqu'il revit la scène qui avait changé sa vie. C'était une belle journée chaude de la fin du printemps, parfaite pour jouer dehors. Le ciel était bleu et l'air était imprégné de cette odeur de vie si difficile à décrire mais qui témoigne de la résurrection de la nature après un long hiver. Il se revit balayer ses cheveux d'ébène trop longs de ses yeux pour pouvoir mieux voir ce qu'il faisait. Il était concentré dans une bataille contre le bouchon de la canne d'essence à briquet qu'il avait trouvée sous l'évier de la cuisine et qui avait commencé à rouiller. Jean avait fini par gagner cette bataille silencieuse puisque le bouchon avait fini par céder, mais pas sans laisser déverser la moitié du liquide du contenant sur ses mains et avoir inondé la tête de licorne qui décorait tout le devant de son chandail. Jean s'était essuyé les mains bien comme il faut sur son short avant de procéder à l'opération délicate qu'était le remplissage du briquet, opération pendant laquelle le reste de la canne d'essence avait continué de se vider un peu partout. Jean s'était mis en tête qu'il allait maîtriser l'allumage du Zippo à la façon de Junior Raté. Jean Raté deviendrait aussi adroit dans la manipulation de son seul héritage paternel que John Wayne l'était avec son Colt dans le film *Cent Dollars pour un shérif*, le dernier film qu'il avait regardé en compagnie de Junior.

Une fois rempli, le briquet s'était entêté à ne pas s'allumer et il avait enfin compris en regardant les lignes parallèles rouges qui s'étaient creusées dans l'empreinte digitale de son pouce, pourquoi Junior l'avait qualifié d'*use-pouce*. Jean relevait le bouchon du briquet à l'aide de son pouce et au retour, il appuyait fortement pour tourner la roue à engrenage, mais la flamme désirée s'entêtait à briller par son absence.

« Sacrement de morceau de ferraille ! » avait-il fini par s'exclamer au moment même où une toute petite flamme était née de ses efforts. Il avait un sourire satisfait aux lèvres lorsque sa main avait pris feu. Terrorisé par la vue de son bras enflammé (il n'avait pas vraiment encore ressenti la douleur qui allait le faire hurler pendant les jours à venir), il avait touché instinctivement son short pour l'éteindre… ses vêtements s'étaient aussitôt enflammés avec un *ouish* sonore qui habitait encore ses cauchemars jusqu'à ce jour.

Jean ne se souvenait de rien après cela. Il ne se souvenait pas que l'instinct de survie l'avait attiré vers le ruisseau où il était tombé face la première (aucune roche ne s'était trouvée dans les parages pour qu'il s'y cogne la tête puisqu'on avait pris bien soin de l'enlever et de l'enterrer il y avait plusieurs années). Il ne se souvenait pas non plus du *ouish* sonore qui avait accompagné l'extinction instantanée des flammes par l'eau du ruisseau.

Madame Raté, qui venait de se réveiller de sa sieste, était allée à l'évier pour laver la vaisselle. Par la fenêtre, elle avait vu son fils s'amuser avec quelque chose… Elle avait été beaucoup trop loin pour voir naître le sourire de Jean lors de l'apparition de la petite flamme sur la mèche du briquet – petite flamme qui elle aussi était restée invisible à sa vue. Mais elle avait très bien vu les flammes engouffrer le corps de son fils et ensuite la fumée qui avait suivi leur extinction avant même qu'elle ait eu le temps de comprendre ce qui se passait et de sortir de la maison en courant. L'odeur qui avait accompagné la tragédie – et la peau calcinée qui lui était restée collée à la paume de la main après qu'elle avait tiré sa fi–, son fils plutôt, en dehors de l'eau – avait hanté ses cauchemars jusqu'à sa fin prématurée à elle, qui, elle, était survenue à la suite d'une crise cardiaque foudroyante six ans plus tard, quelques jours à peine après que Jean eut atteint l'âge de la majorité (selon la date de naissance qu'on lui avait inventée).

Madame Raté s'était réveillée de sa sieste juste à temps pour le sauver de la noyade. Jean ne savait pas que plusieurs fois au cours des années qui avaient suivi, madame Raté avait secrètement espéré, dans les tréfonds de son subconscient, qu'elle ne s'était pas réveillée de sa sieste cet après-midi-là et que le ruisseau qui avait tué sa p'tite Julie aurait aussi emporté son fils adoptif qui, malgré ses efforts, n'avait jamais réussi à la remplacer. Jean ne le savait pas consciemment, mais il avait bien ressenti qu'aucune empathie n'avait accompagné les gestes de sa mère adoptive alors qu'elle avait été obligée de passer des demi-journées à remplacer ses pansements à son retour de l'hôpital.

— … ils ont souvent une fascination pour le feu…

Sur ces paroles de la spécialiste en tueurs en série, Jean éteignit la radio et mit fin à son ressassement de mauvais souvenirs.

Il ouvrit la porte du réfrigérateur qui renfermait quelques bouteilles de condiments et un restant de riz chinois qui, Jean le savait bien, n'aurait aucunement réussi à lui changer les idées ou à le réconforter.

Il referma donc la porte de l'électroménager, prit son manteau de cuir vert qui pendait sur le dos d'une chaise et l'enfila. Il alla ensuite vers le miroir qui était accroché au mur et se regarda le visage. Le vieux miroir, que les anciens locataires avaient laissé derrière lors de leur déménagement, piqué de taches noires, aurait été mieux à sa place dans le labyrinthe de miroirs déformants d'un parc d'attractions.

Jean remonta le col de son chandail à col roulé noir qui laissait entrevoir un début de cicatrice, boutonna son manteau et en releva le col de mouton sur ses oreilles. Il se regarda ensuite pendant de longues secondes dans les yeux. Jean était beau, très beau, malgré le visage difforme affublé d'acné noire que lui renvoyait son miroir. Mais Jean ne devinait pas la beauté physique de son visage bien qu'il comprenne très bien l'effet… indescriptible qu'il pouvait avoir sur certaines femmes. (En fait, les mots *déstabilisateur*, *euphorisant*, *psychotrope*, voire même *dévastateur*, auraient mieux réussi à qualifier l'effet qu'il produisait sur la gent féminine, si son vocabulaire avait été plus élaboré.) Mais lui-même ne voyait qu'un monstre dans son reflet. Un monstre qui se cachait derrière des traits d'Adonis et des cicatrices ignobles et qui réussissait à duper toutes celles qui avaient le malheur de s'approcher, ou de se rapprocher, de lui quand il revêtait la peau de personnages fictifs charmeurs qu'il créait de toutes pièces à l'aide du jeu expert de grandes vedettes de cinéma qui lui soufflaient toujours à l'oreille les paroles hypnotiques à prononcer. Jean n'était ni plus ni moins qu'une combinaison du docteur Jekyll et de monsieur Hyde qui se cachait derrière le portrait de Dorian Gray. C'était exactement comment il se sentait. Au plus profond de son cœur, pourtant, il mourait d'envie de ressentir ce que Roméo Montague avait dû ressentir pour sa Juliette, mais surtout, qu'une Juliette Capulet puisse ressentir pour lui ce qu'elle avait dû ressentir pour son Roméo.

Et c'était aussi simplement que ça que Rosa Rockwell aurait pu répondre à la bonne question de l'animateur de radio, qui ne faisait que verbaliser, on doit l'avouer, la question que la population entière de la ville se posait.

Jean détourna le regard de ceux qui le fixaient dans le miroir.

« Ils passent le film *Luke la main froide* ce soir au Cinéma Classique. Je pense que je vais aller le revoir. Je vais probablement rentrer tard, ne m'attends pas, Juliette. »

« C'est pas parce qu'on n'a rien qu'on n'a pas la main heureuse », dit-il en imitant assez bien la voix de Paul Newman alors qu'il dissimulait l'horreur de ses mains désonglées dans ses gants de cuir d'agneau beige qui lui servaient de seconde peau tellement ils étaient ajustés. Il les avait payés une fortune, cent dollars, mais ils valaient leur pesant d'or puisqu'ils arrivaient à masquer parfaitement l'apparence grotesque de ses mains étrangleuses.

Il donna ensuite un baiser sonore sur le front de Juliette qui ne bougea pas de la chaise haute pour bébé dans laquelle elle passait toutes ses journées.

« Jean ! Bonjour, quel plaisir de vous voir ce soir ! » Alice, de l'arrière de son comptoir du Café du Coin, offrait son plus beau sourire (qu'elle avait fait blanchir la journée même) à son client préféré.

« Bonsoir, Alice. »

« La même chose que d'habitude, Jean ? » demanda-t-elle et, lorsqu'il fit oui de la tête, sans le quitter des yeux, elle tourna juste assez la sienne pour crier au cuisinier derrière elle qu'elle avait besoin d'un sandwich Spécial du Coin, pas de tomates.

Le cuisinier ouvrit un des sandwichs qui était déjà prêt, enleva les deux tranches de tomates imprégnées de mayonnaise, coupa le sandwich en deux et le mit dans un sac de papier qui publicisait « Les meilleurs sandwichs en ville ».

En attendant, Alice tournait son index autour d'une de ses mèches rousses, trop courte pour qu'elle puisse l'entortiller autour de son doigt dans le geste.

« Un sandwich Spécial du Coin, pas de tomates », dit le cuisinier en plaçant le sac dans la main d'Alice qui n'avait toujours pas lâché son client préféré des yeux. Le cuisinier, lui, regardait le client d'un regard maléfique, jaloux de l'attention évidente que l'objet de ses désirs à lui, portait à ce bel étranger qui venait dans l'établissement beaucoup trop souvent à son goût. « Il faudrait bien que je mette une tranche de jambon verdie dans son sandwich préféré la prochaine fois et que j'oublie d'enlever une tranche de tomates tant qu'à y être, question de lui apprendre à venir fouiner dans mes plates-bandes », avait-il rajouté pour lui-même dans sa tête.

Alice passa le sac contenant le sandwich à la belle main gantée que Jean lui tendait, poinçonna la caisse enregistreuse et annonça qu'il lui devait 6,89 $.

Jean déboutonna le bouton du milieu de son manteau qui lui permettait d'avoir accès à la poche intérieure où il gardait son portefeuille bien en sécurité près de son cœur. Mais au lieu d'en sortir le portefeuille en question, il en sortit une liasse de billets retenus pliés en deux par un élastique à cheveux rose qui, pensa Alice, n'appartenait certainement pas à cet homme viril. La jalousie pour la propriétaire de l'élastique rose, qui qu'elle soit, lui verdit les joues et lui piqua la nuque.

Sous les sourcils étonnés et inquisiteurs d'Alice, la liasse de billets glissa du gant de Jean et tomba par terre. Jean s'accroupit lentement pour la ramasser, en profita pour balayer son entourage du regard pour s'assurer qu'on n'épiait pas son geste, se releva, puis mit aussitôt les billets dérobés dans le soutien-gorge d'Anabelle dans la poche où il enfonçait habituellement sa main droite. Il lui tendit ensuite un billet de dix dollars, sorti de son portefeuille qu'il avait fini par trouver et fit signe à Alice de mettre la monnaie dans le réservoir réservé aux pourboires.

Alice, contente du pourboire généreux que Jean lui avait laissé (et qui devait sans doute démontrer qu'il s'intéressait à elle) et trop occupée à essayer de détecter s'il allait poser sur elle un regard qui en dirait long sur la réciprocité de ses propres sentiments, ne remarqua pas du tout l'expression de détresse qui était brièvement apparue sur le beau visage de l'homme au charme animal. « Bon appétit et bonne soirée ! » lui lança-t-elle alors qu'il lui avait déjà tourné le dos et tirait la porte qui le ferait disparaître de sa vue dans la nuit obscure.

Jean aimait la nuit qui lui permettait de rester incognito et l'aidait à camoufler tout ce qui aurait pu le faire pointer du doigt à la lumière du jour. Il aimait tout autant le cinéma et la noirceur de ses salles qui lui permettait momentanément de changer de peau, d'incarner des personnages fictifs et de s'infiltrer dans un monde qui lui était moins cruel. Il aurait voulu pouvoir disparaître du monde où la seule façon possible pour lui de sentir la chaleur humaine vitale à la subsistance de l'espèce était d'étrangler la flamme qui animait les yeux de l'objet de ses désirs.

Avant qu'il puisse en réprimer le souvenir, il put revoir dans son esprit l'horreur qui avait transformé le visage de sa première, et seule et unique, « amoureuse » lorsqu'elle avait posé les yeux sur son corps nu ravagé de cicatrices. Il ne voulait surtout plus réentendre le cri qu'elle avait poussé alors qu'elle avait fixé des yeux ce qui restait de son pénis d'adolescent.

« Je t'aime, Jean, l'avait-elle rassuré tendrement, aucune cicatrice ne peut changer ça. »

Aucune cicatrice ne peut changer ça... C'étaient les douces paroles qu'elle avait prononcées si franchement qu'elles l'avaient convaincu de se mettre à nu devant elle. C'étaient les dernières paroles qu'il ne l'ait jamais entendue prononcer avant qu'elle ne lâche son cri de mort et qu'elle ne s'enfuie de chez lui pour aller s'enfermer chez elle à double tour. Malgré qu'ils aient été pratiquement voisins et qu'avant ce moment fatidique, il avait pu la voir le regarder par la fenêtre de sa chambre alors qu'il paradait (souvent) devant chez elle, il ne l'avait dès lors plus jamais revue.

Il se souvenait du jour où il l'avait rencontrée pour vrai pour la première fois, le jour où il s'était inquiété qu'à leur heure habituelle, elle ne soit pas au poste, à la fenêtre de sa chambre. Il s'était même arrêté de marcher pour scruter le vide de la fenêtre. La porte d'entrée s'était alors ouverte et elle s'était dirigée vers lui d'un pas mal assuré. Ça avait été le plus beau jour de sa vie. Ils ne s'étaient plus quittés pendant près de trois semaines. Comme il l'avait aimée ! Elle avait été parfaite, une copie éblouissante et bien vivante de Juliette ; Juliette qu'il avait bien délaissée pendant toute la durée de sa profonde amourette.

Jean secoua la tête pour chasser le souvenir du plus beau jour de sa vie qui était immanquablement pulvérisé par celui d'un des pires moments de toute son existence.

Il regarda sa main qui tenait le sac de papier, vide du sandwich jambon-fromage qu'il ne se souvenait pas avoir avalé. Il enfonça ensuite son gant dans sa poche droite et en ressortit la liasse de billets de banque entourée de l'élastique rose

– jumeau de celui qui avait retenu les beaux cheveux blonds d'Anabelle en queue de cheval – question de s'assurer que la liasse était bel et bien réelle et que son esprit ne l'avait pas créée de toutes pièces pour continuer de prendre plaisir à le torturer, comme il aimait passer le temps à le faire.

La liasse était bel et bien réelle. Il la gardait maintenant serrée dans son poing caché dans sa poche. Que faire? Il semblait y avoir une coquette somme qui lui aurait bien permis de remplacer la carcasse de son four à micro-ondes mort depuis longtemps. Un nouveau four à micro-ondes lui permettrait de se faire réchauffer des plats congelés pour une personne, au lieu de devoir aller s'alimenter dans des endroits publics où des gens comme Alice la barista pourraient démasquer le monstre qu'il était et le dénoncer aux autorités.

Il pensa que c'était ironique qu'il ait spontanément décidé d'utiliser un alias inspiré du nom du personnage principal de *Shawshank Redemption*. (Mais ce n'était pas vraiment ironique ni étonnant puisqu'il était retourné au Cinéma Classique pour revoir le film à peine deux jours avant le meurtre). Il n'avait pas réfléchi avant de dire à Anabelle qu'il s'appelait Andy Dufrenette, le mensonge était sorti tout naturellement de sa bouche quand il avait admiré la belle chevelure qui lui avait tant rappelé celle de Juliette... et de son ancienne voisine.

Il se vit alors lui-même prendre la place de Tim Robbins pour jouer une des nombreuses scènes troublantes du film :

«À droite, droite, droite, droite...», commandait un gardien de prison aux nouveaux arrivants qui défilaient à la file indienne leur corps nu couvert de la poudre blanche contre les poux qu'on leur avait jetée dessus, devant et derrière. Ils se dirigeaient vers leur nouvelle demeure, leur dernière demeure pour certains d'entre eux, ceux qui avaient commis un crime assez grave pour être condamnés à perpétuité.

Jean savait que si on l'arrêtait et qu'on l'envoyait devant un jury, il écoperait de cinq peines concurrentes de prison à vie sans possibilité de libération, minimum.

Il entendit dans sa divagation un détenu crier des mots de bienvenue gauches aux nouveaux poissons à la chair fraîche. Celui-ci devait vraisemblablement avoir vécu dans sa propre cellule depuis assez longtemps pour avoir oublié s'être lui-même protégé les parties génitales à l'aide de sa nouvelle garde-robe et de sa Bible usagée maintenus devant lui, alors qu'il contemplait les fesses blanchies du malheureux qui le précédait.

« ... gauche, gauche, gauche... », continuait de commander le gardien de prison.

Jean savait que la poudre blanche anti-poux arriverait à peine à camoufler les cicatrices de son corps. Son camouflage devrait finir par être rincé dans les douches communes de la prison.

Il se vit alors à la place de Clint Eastwood qui se faisait chanter la pomme par Wolf dans la salle de douches de la prison d'Alcatraz, prison insulaire d'où il était impossible de s'échapper et cela suffit à le frapper d'une attaque de chair de poule chimérique (puisque sa peau ne pouvait plus vraiment être affligée d'une telle attaque). L'intuable instinct de survie qui l'avait maintenu bien en vie depuis sa chute dans la cuvette de toilette s'éveilla alors à nouveau et prit le contrôle de ses gestes en lui commandant de se débarrasser de tout ce qui aurait pu créer un lien direct entre sa dernière victime et lui ;

mais, surtout, entre les innombrables flics qui composaient les forces de l'ordre de la métropole et son corps mutilé.

Il sortit la liasse de billets de banque entourée de l'élastique à cheveux rose d'Anabelle et la fourra dans le sac de papier brun qui avait contenu son sandwich. Il chiffonna le sac dans une boule bien serrée et, sans un regard, ni premier ni second, il laissa tomber le sac en bas du trottoir à la façon d'un pollueur contrevenant. Il se dépêcha alors d'aller se changer les idées au cinéma à fantasmer qu'il possédait une volonté aussi inébranlable que celle du *cool* Luke Jackson.

Trois minutes plus tard, une grosse goutte de pluie vint s'écraser sur la boule de papier, puis une autre, et plusieurs autres, jusqu'à ce que la pluie de novembre devienne torrentielle, voire diluvienne. Les bords de rues s'emplirent d'eau que les caniveaux n'arrivaient pas à canaliser, si bien que notre boule de papier, qui camouflait une petite fortune, se fit ramasser par une rivière qui dévala les rues en tournant les coins jusqu'à ce qu'une grille d'égout mette fin à son voyage en avalant son mode de locomotion. La boule de papier gisait à côté d'une borne-fontaine rouge aux bras jaunes, protégée par un panneau qui interdisait, du haut de son poteau, qu'on se stationne devant elle sous peine d'être infligé d'une amende de 300 $, bien loin de Jean, et de ses démons.

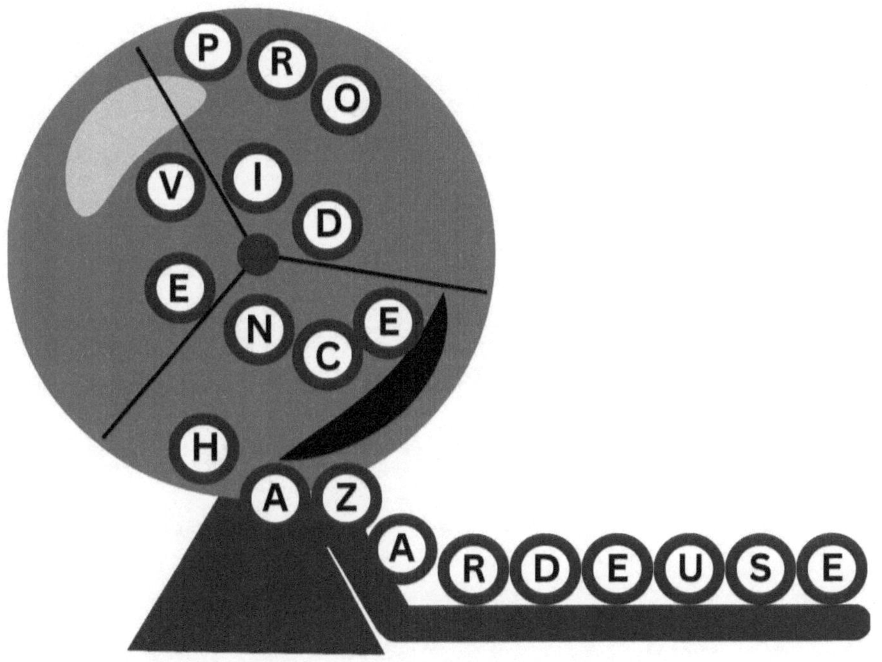
PROVIDENCE
HAZARDEUSE

ligne 7

Providence hasardeuse

Caleb regarda à gauche et à droite, laissa passer une voiture et traversa la rue en diagonale au trot. Il venait d'apercevoir madame Bruno qui s'approchait à pas de tortue de la porte d'entrée de leur immeuble d'habitation. Le poids de son sac de provisions lui courbait encore plus l'échine que d'habitude.

« Attendez, madame Bruno ! Donnez-moi ça ! »

Elle répondit quelque chose qu'il n'entendit pas puisqu'il avait la tête pleine de la musique que lui renvoyaient les écouteurs Bluetooth enfoncés dans ses oreilles. Il baissa le capuchon de son gilet, enleva ses écouteurs qu'il enfonça dans la poche de son jeans et offrit à sa vieille voisine un sourire aux dents parfaitement alignées et d'une blancheur éblouissante dans son visage à la peau noire.

« Pardon, madame Bruno ? »

« C'est moi qui ai quatre-vingt-deux ans et c'est toi qui es sourd, Caleb ? »

Caleb sourit encore plus largement, lui prit son sac de provisions des mains et ouvrit la porte pour l'inviter à entrer. Il la suivit à l'intérieur de l'immeuble. Puisqu'il n'y avait pas d'ascenseur, il mit le sac de provisions sur son épaule, par-dessus la bretelle de son sac à dos et offrit son autre bras à madame Bruno pour l'aider à monter les escaliers.

Madame Bruno empoigna la rampe d'une main et l'avant-bras de Caleb de l'autre et ils commencèrent l'ascension des quatre étages qui les séparaient de l'appartement de monsieur et madame Bruno. Le contraste de leurs physiques offrait un tableau singulier. La petite taille et l'aspect frêle de l'une, la grandeur et la force de l'autre ; la peau souple et noire de l'un, la peau ratatinée et blanche, presque transparente, de l'autre ; la jeunesse énergique de l'un, le poids de la vieillesse de l'autre. Mais malgré ce contraste et cette singularité, la chaleur humaine qui se dégageait de leurs auras mélangées pendant leur proximité était presque palpable et en tout point identique.

Alors qu'ils arrivaient sur le palier du troisième étage, madame Bruno reprit son souffle et fit mine de vouloir récupérer son sac.

« Tu es rendu chez toi, Caleb. T'en as assez fait. Donne-moi mon sac, je peux monter le dernier étage toute seule, je ne suis pas encore complètement handicapée après tout. »

« Pas du tout. Vous devez me laisser le plaisir de votre compagnie jusqu'à chez vous, madame Bruno. »

Madame Bruno ne s'obstina pas, émit un petit rire coquet et ils recommencèrent à monter vers le dernier étage.

« Mais peut-être que vous devriez penser à louer un appartement du rez-de-chaussée. »

« L'exercice que me font faire ces escaliers me tient en forme et me donne un but quotidien ! Henri et moi allons mourir dans notre appartement où on habite depuis cinquante-trois ans, même si ce sont les escaliers qui vont finir par nous tuer. La nouvelle gestion de l'immeuble attend juste qu'on tombe raides morts, mais ils vont attendre longtemps si j'ai mon mot à dire ! »

Ils avaient enfin atteint le quatrième étage et se tenaient devant la porte fermée du 402. Caleb attendait derrière madame Bruno qui semblait avoir perdu sa clé dans son minuscule sac à main lorsqu'une jeune fille apparut sur le palier.

« Oh, bonjour, Charlie ! » la salua madame Bruno. « Comment va ta mère aujourd'hui ? »

Caleb offrit son plus beau sourire à la nouvelle venue. « Hé ! » dit-il.

Charlie hocha la tête en direction de Caleb en guise de réponse à son semblant de salut et répondit à sa voisine qu'il y avait des jours meilleurs que d'autres mais que, malheureusement, aujourd'hui n'était pas du tout un de ceux-là pour sa mère.

Lorsque Charlie passa à côté de Caleb pour se rendre à la porte du 401, il put sentir l'odeur subtile de noix de coco que dégageaient ses beaux cheveux coiffés en afro. Pendant cet instant où ils étaient proches l'un de l'autre, leurs auras se mélangèrent pour se complémenter parfaitement et créer l'espace d'une seconde une couleur d'une beauté indescriptible (si on était de ceux qui croyaient bien sûr à ces choses abstraites qui sont plus ressenties par le sixième sens que perçues par les cinq autres).

Madame Bruno trouva ses clés mais avant d'entrer la clé dans la serrure, elle eut le loisir d'admirer ce halo indescriptible créé pendant la seconde de proximité des deux jeunes gens.

Caleb regardait encore la porte refermée du 401 quand celle du 402 s'ouvrit avec un grincement.

« Caleb ? »

Madame Bruno tira sur la manche de son gilet à capuchon.

« Caleb LeBlanc, reviens sur terre. Tu rougis ? Je pourrais jurer que tes joues sont aussi bourgogne que ton chandail. »

Caleb rougit davantage intérieurement et suivit la vieille femme dans le musée que constituait son appartement. Malgré que l'appartement du vieux couple fut d'une configuration identique à celle du sien, mais en sens inverse, le décor n'aurait pas pu être plus différent. Des bibelots et des souvenirs recouvraient toutes les surfaces. Chaque parcelle du papier peint était décorée de cadres qui montraient des personnes de tous âges qui avaient vécu à des époques différentes et dont la plupart ne survivaient plus que dans la mémoire des Bruno. Caleb déposa le sac de provisions sur la table et s'apprêtait à prendre son congé quand madame Bruno le retint.

« T'as intérêt à te dépêcher. »

« Me dépêcher ? »

« À faire les premiers pas vers la p'tite Charlie. »

Caleb cherchait visiblement quoi dire.

« J'ai jamais vu autant d'étoiles briller dans tes yeux que quand tu la regardes. C'est pratiquement aveuglant, même à travers mes cataractes. Mais ils ont reçu un avis d'expulsion. S'ils n'ont pas payé trois mois de loyer d'ici vendredi, Charlie et sa mère vont se faire jeter à la rue par la nouvelle administration qui veut juste pouvoir se débarrasser des vieux locataires.

T'imagines ? Avec sa mère presque mourante en plus. Et si j'en juge par ses traits tirés, Charlie n'a pas encore réussi à amasser la somme dont elle a besoin. »

« Hortense ? C'est toi ? » C'était une voix éreintée qui avait précédé un homme aussi ratatiné que sa femme.

« Qui donc veux-tu que ce soit, vieux fou ? »

« Tu y as mis le temps ! J'achève de mourir de faim… où est ma barre de chocolat ? »

Hortense plongea la main dans le sac et en ressortit une Kit Kat. « La voici ta barre de chocolat, mon p'tit caniche tout chauve. »

Henri s'avança pour la lui prendre des mains et en profita pour se pencher et lui planter un baiser aux trois-quarts édenté sur les lèvres.

Alors qu'il s'en retournait vers son Lazyboy, il s'arrêta un moment à côté de Caleb et s'accrocha à son bras.

« Caleb, il n'y a rien de plus précieux dans la vie que d'être le vieux caniche tout chauve d'une bonne femme… et le chocolat, bien sûr. »

Un rayon de soleil traversa alors les pièces de verre coloré d'un mobile qui était accroché devant la fenêtre, donnant l'impression que la moitié du visage du vieil homme était illuminée par un arc-en-ciel. Puis le soleil disparut de la fenêtre et Henri, lui, lâcha le bras de Caleb et lui tourna le dos pour aller disparaître de nouveau dans son fauteuil limé.

Madame Bruno pointa le mobile.

« C'est Charlie qui me l'a offert pour me remercier d'avoir pris soin de sa mère quand elle est tombée malade, avant que Charlie puisse venir s'installer avec elle. Elle est talentueuse, n'est-ce pas ? »

« C'est Charlie qui a fait ça ? »

« Oui, c'est Charlie. Il va falloir qu'elle en vende plusieurs de ses mobiles sur son truc, là… sa toile d'araignée… d'ici vendredi, la pauvre. J'aimerais tant pouvoir l'aider, mais malheureusement Henri et moi, on a juste de quoi survivre avec nos pensions de vieillesse. C'est une situation bien malheureuse », dit-elle en sortant une demi-livre de bologne de son sac d'épicerie.

Caleb avait la tête encore pleine de sa conversation avec madame Bruno alors qu'il grattait les cordes de sa guitare et essayait sans aucun succès de composer une chanson. Il ne réagit donc pas lorsque Julio entra dans l'appartement et lui lança un : « *Honey, I'm ho-ome!* » d'une voix une octave au-dessus de son timbre normal.

Déçu du manque de réaction de son colocataire, Julio ramassa une des boules de papier jaunes qui jonchaient le sol et la lança à la manière d'un lanceur de baseball en direction de la tête de son ami.

La boule de papier alla frapper sa cible à l'épaule mais ne suffit pas à tirer Caleb de ses réflexions.

« Hé, man, qu'est-ce qui s'passe ? Pas d'inspiration aujourd'hui ? »

« Na, la dernière chanson ne veut pas venir… j'ai plus un seul bâton de gomme à mâcher et elle se fait expulser. »

Julio ouvrit alors un tiroir de la cuisine, en sortit un paquet de gomme et le lança à son ami à la façon d'un lanceur de balle-molle. « C'est pas à la saveur de cerises, mais qui d'autre au monde aime cette merde ? Et qui se fait expulser au juste ? »

Caleb attrapa le paquet de gomme dans un réflexe, le regarda, vit qu'elle était à saveur de menthe, fit la moue et le posa sur la table à café qui disparaissait sous les boules de papier chiffonnées.

« Charlie et sa mère ! Si elle part, tout est fini. »

« Comment est-ce que quelque chose qui n'a jamais même commencé peut être fini, hein ? T'as trouvé le courage de lui dire bonjour au moins ? »

Caleb lança un regard à son ami qui plaidait avec lui d'être un peu sérieux pour une fois.

« T'es pas un peu dramatique, non ? »

Caleb lui montra son poing et leva son index. « Charlie emménage », il éleva son majeur, « je la vois », puis son annulaire, « et la même semaine, j'écris les cinq meilleures chansons que j'aie jamais écrites dans ma vie. Cause et effet, mon ami. C'est aussi simple que ça. »

Julio imita les gestes de Caleb avec ses propres doigts. « Ton talent, ton travail, ta persévérance n'ont bien sûr rien à voir avec ça. Bien sûr… c'est juste grâce à elle. »

« T'es tellement cynique pour un écrivain. »

« Je suis un réaliste doté d'une imagination fertile, c'est pas pareil. Est-ce qu'elle est au courant que t'existes, ta Charlie ? »

« Probablement pas, mais elle a d'autres préoccupations… » Il utilisa ses mains pour faire un geste de balancement. « Le voisin *cute* qui lui fait de l'œil quand il a la chance de la voir ou un toit au-dessus de sa tête et de celle de sa mère malade. Le choix est *vraiment* difficile ! »

Caleb pointa alors le grand tableau vert sur pattes qui se trouvait devant lui et dépeignait le voyage du héros. « J'aimerais bien être le super-héros de ton histoire. Super-Caleb qui sauve la demoiselle en détresse, même si ça sonne vraiment machiste. »

Julio se dirigea alors vers son tableau et pointa les graphiques à la manière d'un professeur de l'école secondaire qui explique une règle de grammaire importante.

« Pourquoi pas ? Faisons de toi le héros de ton histoire. Super-Caleb-pas-du-tout-macho à la rescousse ! »

« Ouais, et finir comme ton *Balle d'argent* ? Je connais pas grand-chose à l'écriture d'histoires de super-héros, mais je suis pas mal sûr que tu ne trouveras pas preneur à ton histoire si t'arrêtes pas de le tuer avec tous les autres personnages à la fin. »

« Je sais, mais j'ai vraiment pas le choix, c'est comme ça que l'histoire s'écrit dans ma tête, j'ai plus le contrôle. Mais t'es bien placé pour savoir que la vie, c'est pas un conte de fées et que ça finit pas toujours bien. Les héros, ça finit par mourir comme tout l'monde. C'est la seule et unique chose qu'on peut tous tenir pour acquise dans la vie ! Pauvres comme Job ou riches comme Crésus, on finit tous les pieds devant. Sans exception. De toute façon, je vais trouver le moyen de le ressusciter dans une de mes suites. Je peux faire ce que je veux, c'est moi qui tiens le crayon, ou le clavier si tu préfères. »

« Ben moi, c'que j'veux, c'est le *ils vécurent heureux et eurent beaucoup d'enfants*, enfin, on n'est vraiment pas pressés pour les enfants et on n'en voudra probablement pas beaucoup, ça coûte cher les enfants… mais c'est ça, je veux sauter directement à une fin heureuse avec la fille de mes rêves sans passer par tous les obstacles et les crises de tes trois actes. »

Julio chercha alors sous les boules de papier sa copie de *Le héros aux mille et un visages* de Joseph Campbell qui résidait en permanence sur la table à café. Il trouva le livre qu'il considérait être sa bible et le montra à Caleb. Il l'ouvrit à la page retenue par un signet et déclara : « Le concept du monomythe de monsieur Campbell est inéluctable, mon cher Caleb ! Toute histoire qui se respecte se doit d'être parsemée de défis, de tentations, de révélations, de transformations et de résolutions ! »

« Toute histoire *fictive* qui se respecte. On ne vit pas dans la fiction, mon ami. En fait, vu qu'on a les deux pieds bien ancrés dans la réalité justement, on peut oublier toutes ces règles. D'ailleurs, "la réalité est plus étrange que la fiction, mais c'est parce que la fiction est obligée de s'en tenir aux possibilités ; la réalité ne l'est pas", ou quelque chose du genre. Et ça, c'est Mark Twain qui l'a dit. »

« Oui, c'est ça… mais on peut quand même s'inspirer des règles de la fiction pour mettre de l'ordre dans la réalité. Traçons-le donc ton propre *voyage du héros.* » Julio prit un bâton de craie blanche et retourna le tableau pour dévoiler la page vierge sur laquelle il pourrait écrire le voyage de Caleb.

Julio écrivit en haut au centre du tableau: *LE VOYAGE DE SUPER-CALEB*, puis en-dessous à droite, *Caleb + Charlie* et entoura les deux noms du plus beau cœur qu'il pouvait dessiner. Pour bonne mesure, il ajouta une flèche de cupidon qui traversait l'organe.

« T'es con. »

Julio lut les mots écrits sur l'unique poster qui était collé sur les murs beiges de l'appartement : « *Tu es l'auteur de ta propre histoire.* Moi, j'y crois dur comme fer à ces mots-là. C'est pas pour rien que j'ai acheté l'affiche et que je l'ai mise bien en vue sur le mur. Par exemple, un jour je vais vendre des millions de copies de mon livre à moi, traduit dans des langues que je sais même pas qui existent et autant de copies de la suite, et j'aurai assez d'argent pour acheter cet immeuble et les deux d'à côté tant qu'à y être. Ça l'règlerait vite notre problème ! »

« Moi, j'ai tendance à croire que tout est déterminé d'avance et qu'on danse tous sur la musique d'un violoniste – ou c'est d'un violoncelliste ? –, je me souviens plus trop. J'ai lu quelque chose comme ça à l'école et ça m'avait parlé. Je pense que c'est Einstein qui avait dit ça. Si un génie comme Einstein l'a dit, qui suis-je pour m'obstiner avec lui ? »

« Même les génies finissent par crever comme tout l'monde, j'te l'ai dit. Ils peuvent bien se tromper. Allez, ça nous coûte rien d'essayer de l'écrire, ton histoire. En plus, je sais que t'as assez de talent pour composer toi-même ta propre musique pour danser si l'cœur t'en dit. »

Julio n'attendit pas de réponse et tapa du bout de sa craie le cœur qu'il venait de tracer. « Ça, c'est c'qu'on veut. Il faut juste qu'on détermine la façon d'y arriver. Qu'est-ce qu'on sait ? Quel est le problème ? Quels sont les obstacles ? »

Caleb soupira. « Super-Caleb n'a aucune chance de se retrouver à l'intérieur du cœur fléché avec la fille si elle déménage. »

Julio traça une flèche à partir du nom de Charlie et l'identifia comme étant la *dam'selle en détresse* et fit la même chose à partir du nom de Caleb et écrit : *notre héros*.

« OK, on ne veut pas qu'elle déménage. Qui est notre antagoniste ? »

Caleb leva des sourcils interrogateurs.

« Le super-vilain… le Joker, le docteur Fatalis, Sinestro… »

« OK, OK, j'ai compris… »

« … Loki… »

Caleb baissa ses sourcils pour les froncer, ce qui interrompit l'énumération de Julio.

« L'*antagoniste*, c'est les nouveaux propriétaires de l'immeuble qui veulent se débarrasser des vieux locataires pour pouvoir augmenter les loyers. Madame Bruno dit que Charlie cherche quelque part où aller, donc on dirait bien qu'elle ne pense pas qu'elle réussira à ramasser l'argent dont elle a besoin d'ici vendredi soir. Vendredi, c'est cinq jours, c'est pas beaucoup de temps… »

« Donc s'ils peuvent payer d'ici vendredi soir, les nouveaux propriétaires ne pourront pas les expulser et le problème immédiat est réglé, c'est ça ? »

Julio écrivit *DIMANCHE* à gauche et *VENDREDI* à droite du tableau et joignit les deux mots d'une flèche chronologique du temps de gauche à droite. Il dessina ensuite un gros symbole de dollar entre les deux. « De combien est-ce qu'elle a besoin pour éviter ça ? »

« Trois mois de loyer. »

Julio siffla et regarda son schéma. « On dirait que tu veux acheter son amour… et payer très cher pour, avec de l'argent que t'as même pas, en plus. Je veux pas te décourager mais t'as pas grand-chose de plus que ta guitare et le linge que t'as sur le dos et quoi… une paire de jeans de rechange, peut-être ? »

« T'as raison. Il va falloir que je trouve le moyen de lui donner l'argent sans qu'elle sache que ça vient de moi. *Et* il faut que je le trouve cet argent, et vite. »

« Des obstacles, en veux-tu, en voilà ! » Julio rajouta un gros point d'interrogation à côté du gros symbole de dollar. « Quatre ou cinq jours. Ce serait plus facile, et moins cher, de trouver une autre fille, si tu veux mon avis. »

« Tu comprends pas. Il n'y en a pas d'autre fille pour moi. C'est Charlie, c'est personne d'autre. J'en suis certain comme j'ai jamais été certain de quoi que ce soit dans ma vie. »

Les deux amis contemplèrent le tableau vert en silence pendant un moment.

« C'est pour ça qu'on appelle ça le *voyage du héros*. C'est pas facile. »

Un petit coup rapide fut alors frappé de l'autre côté de la porte d'entrée de l'appartement qui s'ouvrit aussitôt sur Laura.

« Ah, mais voilà la femme de ma vie à moi ! On va continuer ça plus tard, mon super-Caleb. » Julio alla enlacer Laura et l'embrassa aussi fougueusement que s'ils avaient été seuls dans la pièce.

Caleb se leva, prit le paquet de gomme à mâcher à la menthe, ce qui restait de sa tablette de papier jaune et son stylo et les fourra dans son sac à dos. Il décida d'y fourrer aussi son ordinateur portatif. Il agrippa ensuite le manche de sa guitare et se dirigea vers la fenêtre.

« T'as pas besoin de partir à cause de moi, Caleb. Je fais juste passer. J'avais besoin de ma p'tite dose de mon Juliocito avant d'aller travailler. » Et elle quémanda une autre dose de son Juliocito de ses lèvres entrouvertes.

« Prends-en une surdose de ton Julio si tu veux Lauracita, j'ai besoin d'aller réfléchir de toute façon. Ciao, les amoureux ! » Et il sortit par la fenêtre, sac à dos sur l'épaule et guitare en main, pour monter sur le toit de l'immeuble par l'escalier de secours.

Caleb avait trouvé la table et la chaise sur le toit-terrasse de l'immeuble peu après que Julio et lui avaient emménagé dans leur appartement deux ans plus tôt. D'après l'état des meubles de patio, ceux-ci devaient avoir été abandonnés par un ancien résident il y avait de cela bien longtemps. Caleb les avait astiqués et s'en servait depuis lors pour aller penser, composer, chanter. Il y venait encore plus souvent depuis que Juliocito avait rencontré sa Lauracita. Les amoureux ne se lassaient jamais de se démontrer ouvertement leur affection et Caleb était bien content d'avoir un endroit où se réfugier pour leur laisser le loisir de le faire en paix. Ça ne le dérangeait pas. Il avait découvert que l'inspiration lui venait plus facilement sous les étoiles que sous un plafond.

Il s'assit sur la chaise et aligna le contenu de son sac à dos sur la table devant lui. Lampe de poche, papier, stylo, gomme à mâcher, ordinateur, téléphone cellulaire. Il sortit les écouteurs Bluetooth des poches de son jeans et les enfonça dans ses oreilles. Il choisit une liste de lecture de chansons d'amour pour le mettre dans la meilleure humeur pour penser à Charlie et trouver le moyen de l'aider. Il se mit ensuite un bâton de gomme à mâcher à la menthe dans la bouche et démontra sa déception par une grimace. Ça allait devoir quand même faire l'affaire pour l'instant puisque mâcher de la gomme semblait lui procurer autant d'inspiration que les étoiles. Le capuchon de son gilet, lui, l'aidait à mettre de l'ordre dans ses idées ; il le remonta donc sur sa tête. Comme beaucoup d'artistes, Caleb avait son rituel. Le fait qu'il n'avait pas encore percé dans le monde de la musique et que personne ne savait encore qui il était n'avait rien à voir là-dedans. De toute façon, il ne recherchait pas nécessairement la célébrité ou la richesse. Il faisait de la musique parce que ça le rendait heureux. Il aurait seulement voulu avoir la possibilité de partager ce que son esprit pouvait créer avec les autres. Peut-être que ça pourrait les rendre aussi heureux que lui, l'espace de quelques minutes du moins. Lorsqu'il trouvait la façon de mélanger les bons mots avec les bonnes notes pour créer des émotions de toute pièce, ça remplissait son être entier d'une douce chaleur. Quand il pensait à Charlie en plus, c'était magique. Si un jour il pouvait partager ce bonheur avec la vraie Charlie, pas juste la Charlie qui vivait dans ses rêves, il serait le plus heureux des hommes. Jusqu'à aujourd'hui, il avait été très passif dans sa poursuite de la jeune femme. Il avait pensé avoir le temps, mais surtout il avait une peur monstre qu'elle le rejette. Son attraction pour elle était tellement forte, plus forte qu'elle ne l'avait jamais été pour personne, qu'il se sentait impuissant et dévasté juste à l'idée qu'elle ne partage jamais ses sentiments. Il se contentait donc de lui lancer un « hé » bête quand il se trouvait à proximité d'elle. Mais maintenant, il y avait de l'urgence dans la situation et il était à peu près temps qu'il agisse. Il se voyait déjà la perdre avant même de l'avoir gagnée et ça le terrifiait, mais il était encore plus terrifié par l'idée de n'avoir même pas essayé avant qu'il soit trop tard. Dieu seul savait où elle allait déménager.

Il alluma sa lampe de poche, prit son stylo et dupliqua sur le papier le *Caleb + Charlie* entouré d'un cœur que Julio avait mis sur le tableau vert un peu plus tôt, mais omit de transpercer le cœur d'une flèche. Il dessina ensuite un $ assez gros pour symboliser l'énormité du montant puisqu'il n'avait pas le dixième de la somme nécessaire en sa possession. Il allait recevoir sa paye du restaurant la semaine suivante et il avait pas mal déjà dépensé sa dernière paye entre son propre loyer et toutes les factures qui viennent avec. S'il avait su que cette urgence financière surviendrait, il n'aurait certainement pas acheté de cordes de guitare la veille. En fait, il se serait passé volontiers de cordes de guitare pour pouvoir aider Charlie. Il travaillait le lendemain et les deux jours suivants au restaurant, il ne pouvait donc compter que sur le montant aléatoire des pourboires qu'il recevrait jusqu'à vendredi. Ce serait quelque chose mais loin d'être suffisant. De toute façon, comme l'avait si bien dit Julio, il ne pouvait pas juste lui donner l'argent, même s'il réussissait à le trouver, *quand* il réussirait à le trouver, plutôt. Si elle était comme lui – et il était sûr qu'elle était comme lui –, elle ne l'accepterait pas d'un étranger et préférerait partir, même si elle n'avait nulle part où aller. Il achevait donc de remplir machinalement le reste de la feuille de petits points d'interrogation quand un arc-en-ciel géant, comme celui qui avait éclairé le visage d'Henri plus tôt, vint danser sur le mur de stucco blanc de l'immeuble de l'autre côté de l'allée. Des formes changeantes, rouges, bleues, vertes, jaunes, violettes se mouvaient au même rythme que la chanson qui jouait dans ses oreilles, lui semblait-il. Pendant un moment, il fut hypnotisé par les couleurs et laissa son stylo sur le point de son dernier point d'interrogation. Celui-ci avait trois millimètres de diamètre quand l'ombre de mains féminines et fines vint danser au travers des couleurs. Charlie. Les mains de Charlie fabriquaient un mobile.

Il pouvait la deviner assise devant la fenêtre de l'appartement 401, l'appartement situé directement au-dessus du sien, concentrée à fabriquer un mobile de verre coloré qu'elle pourrait vendre sur « la toile d'araignée »… La toile d'araignée ! Caleb posa son stylo et ouvrit son ordinateur portatif, l'alluma, se croisa les doigts pour que celui-ci se connecte sur son wi-fi ce soir, la connexion étant aléatoire lorsqu'il se trouvait sur le toit. Son ordinateur se connecta en effet sans rouspéter pour une fois, comme s'il voulait lui donner une petite tape dans le dos et lui confirmer qu'il avait eu une bien bonne idée. Caleb se rendit donc sur le site de Facebook et fit une recherche sur le nom de Charlie – recherche qu'il avait faite maintes fois auparavant d'ailleurs – et trouva aussitôt ce qu'il avait espéré trouver sur sa page. Charlie avait posté, il y avait quelques heures à peine (peu de temps après avoir eu le loisir de s'enivrer de l'odeur de ses cheveux lorsqu'elle était passée tout près de lui), l'adresse du site sur lequel elle invitait tous ses amis à aller y acheter, dans la prévision du temps des Fêtes qui s'en venait à grands pas, ses mobiles de verre coloré. Elle avait ajouté plusieurs photos de mobiles plus originaux les uns que les autres en exemples et Caleb se dit que des mobiles qui transformaient la blancheur de la lumière en arcs-en-ciel étaient une façon idéale d'amener un rayon de soleil dans le quotidien d'êtres chers qui avaient la chance de se retrouver sur une liste de récipiendaires de cadeaux de Noël. Malgré que sa liste à lui comptait seulement trois noms, ceux de sa mère, de sa petite sœur et de Julio, il pouvait bien y rajouter assez de noms sélectionnés au hasard pour que l'achat de ses cadeaux de Noël totalise trois mois de loyer de l'appartement 401.

Il cliqua sur le lien du site et fut amené à la page de Charlie qui contenait assez de mobiles à acheter pour valoir au moins quatre mois de loyer. C'était un problème de réglé. Alors qu'il allait refermer son ordinateur, il se ravisa, retourna à la page Facebook de la jeune fille, inspira profondément et délibérément et, sans réfléchir, cliqua sur le bouton *Envoyer une demande d'amitié* et regretta aussitôt son geste, se sentant ridicule au plus haut point de faire la cour ainsi à la femme qui habitait ses rêves. Il referma pourtant son portable d'un geste catégorique, remit toutes ses affaires dans son sac à dos et redescendit deux par deux les escaliers précaires de métal qui le ramenaient chez lui. Il manqua la dernière marche, son pied glissa et sans qu'il sache trop comment, la seconde suivante, une de ses jambes balançait au-dessus de trois étages de vide. Par réflexe, il avait réussi à se retenir à un barreau d'une main et à sauver sa guitare de l'autre.

Julio, qui vit la scène se dérouler à travers la fenêtre, se dépêcha d'aller l'ouvrir et sortit la tête.

« Merde, Caleb, ça va ? Je t'ai vu disparaître et je pensais que t'étais allé t'écraser sur le trottoir ! T'imagines ? Fais attention ! T'es peut-être super-Caleb, mais t'as pas de cape volante et tu veux toujours bien pas crever avant que ton histoire ait le temps de vraiment commencer, mon vieux. »

Caleb se releva, ignora le commentaire, tendit son instrument à son ami, entra dans l'appartement et se dirigea directement vers le tableau vert où son histoire attendait la suite. Il prit la craie et entoura le symbole de dollars de trois grands cercles ininterrompus.

« J'ai trouvé comment lui donner l'argent. »

« Bravo ! Et t'as aussi trouvé où le trouver, ce fameux argent ? »

« Pas encore. »

« Juste un petit obstacle… si c'était si facile que ça de trouver de l'argent, tu penses pas qu'on serait tous riches ? »

« Il est là, quelque part. » Caleb se dirigea vers la fenêtre et fit mine de contempler le monde entier. « Il est là, suffit juste de le trouver, Julio. Et je vais le trouver, tu peux compter sur moi. »

« J'te crois », dit Julio qui était loin d'en être persuadé.

Le lendemain matin, Caleb avait la tête encore pleine de ses plans inachevés quand il descendit de l'autobus. Il n'était pas pressé. Étant donné qu'il devait suivre l'horaire des transports en commun, il était bien en avance. Il fit donc un petit détour pour aller au dépanneur le plus proche. Le dépanneur n'avait malheureusement pas sa marque préférée de gomme à mâcher aux cerises. Il cherchait une autre marque (parce que même la saveur de cerises d'une moins bonne marque valait mieux que toutes les autres saveurs de la meilleure) quand une voix grave d'homme annonça avec entrain à la radio :

Ce vendredi, le mégagros lot de la loterie est de soixante-neuf millions de dollars !

« Soixante-neuf millions de dollars ! » répéta le commis avec tout autant d'enthousiasme, « je ne peux même pas imaginer ce que je ferais avec soixante-neuf millions de dollars ! Tous ces parfaits zéros… »

« J'ai une idée ou deux, moi », dit Caleb en choisissant son paquet de gomme à mâcher qu'il posa sur le comptoir.

« Aucune chance de gagner sans billet… »

« C'est quand le tirage ? »

« C'est vendredi. »

« C'est trop tard…, mais OK, donne-m'en un, mais assure-toi qu'il soit gagnant ! »

Le commis rit de bon cœur à l'affirmation. « C'est 4,79 $. »

Caleb chercha de l'argent dans les poches de son gilet à capuchon mais n'y trouvant pas le montant suffisant, il prit son sac à dos et y trouva le montant qui lui manquait. Il déposa l'argent sur le comptoir, mit le billet de loterie et le paquet de gomme à mâcher dans la poche de son jeans et sortit du dépanneur pour aller se perdre autant dans la cohue du lundi matin que dans ses pensées. Il s'en voulait un peu de s'être laissé convaincre de gaspiller de l'argent pour un billet de loterie, ne croyant pas qu'une chance aussi improbable pourrait lui sourire, surtout lorsque ça s'avérerait aussi opportun. Il y avait juste dans les films de série B que des hasards aussi incroyables se produisaient ; ça n'arrivait pas dans la vraie vie, ce genre de hasard trop beau pour être vrai. Le violoncelliste d'Einstein ne pouvait tout de même pas faire des miracles pour lui et Charlie. Il avait déjà entendu les statistiques sur les chances de gagner à la loterie et il avait plus de chances de se faire écraser par une voiture dans un patelin qui compte une centaine d'habitants que de gagner le gros lot. Il aurait dû garder le trois dollars que lui avait coûté le billet, ça aurait été trois dollars de moins à trouver pour sauver Charlie et sa mère. Il mit alors le pied dans un gros trou d'eau froide qui le ramena à la réalité. Il prit machinalement une feuille de papier que distribuait un homme à qui voulait bien en prendre une. Caleb regarda ce qui y était écrit : *UN TRÉSOR TOMBÉ DU CIEL mettant en vedette Myriam Wilson – demain soir seulement. C'est un rendez-vous que vous ne voudrez surtout pas manquer.* Caleb émit un petit rire empreint de sarcasme. « Comme si les trésors pouvaient tomber du ciel ! Ce serait trop beau ! » dit-il même à voix haute. Il n'avait certainement pas l'argent pour aller au théâtre, surtout pas cette semaine, même s'il avait été curieux de savoir comment ça tombe du ciel au juste, un trésor. Il chiffonna donc la feuille de papier comme s'il s'était agi d'une de ses chansons ratées et la jeta dans la première poubelle débordante qui se trouvait sur son chemin.

Quand il tourna dans la ruelle qui l'amenait à la porte de service du *Cochon dodu*, il tomba nez à nez avec un des rats gras qui avaient pris résidence dans la ruelle et qui avait été dérangé par le camion à ordures. Le rat le regarda un instant dans les yeux et lorsque Caleb continua d'avancer vers lui, il alla se cacher derrière une caisse de plastique bleue qui longeait le mur de brique de l'immeuble. Caleb regarda sa montre. Il avait vingt minutes pour se changer avant que son quart de travail commence. Amplement de temps. Il ouvrit la porte de service qui l'emmenait dans la cuisine du restaurant qui bourdonnait déjà d'une activité étourdissante. Il bifurqua à droite pour se rendre dans la petite salle des employés où se trouvait son casier. Il n'était plus qu'en caleçon et en chaussettes quand Alex entra.

« Qu'est-ce que je donnerais pas pour avoir un *six-pack* d'abdos comme les tien ! C'est quoi ton secret ? Je fais cent redressements assis par jour et j'ai juste un seul pack pour mes efforts, moi. »

Caleb souleva les épaules. « T'as pas une paire de chaussettes de rechange ? J'ai mis le pied dans l'eau et je me vois mal passer huit heures avec le pied humide. »

« Non, désolé, mon vieux. »

Les deux collègues finirent de s'habiller en silence et lorsqu'ils entrèrent dans la salle à manger luxueuse, ils étaient habillés comme des jumeaux – un noir, un blanc – qui servent des clients privilégiés dans un restaurant quatre étoiles.

« T'as la section trois, Caleb ? »

Caleb hocha la tête.

Les tables commençaient à se remplir pour le lunch. L'hôtesse conduisait un jeune couple à une table.

Alex afficha une expression condescendante. « Regarde-moi ce couple. Ses chaussures à elle. Sa chemise à lui. Son expression crispée et la façon qu'il arrête pas de toucher la poche de son pantalon. Il a pas les moyens de manger ici. C'est pour ça qu'ils viennent sur l'heure du midi et pas pour le souper. Il va la demander en mariage avec une bague où t'as besoin d'une loupe pour voir le diamant. »

Il regarda Caleb en faisant la moue. « Il va pas laisser un gros pourboire, ça, c'est sûr. »

L'hôtesse s'arrêta devant une table pour deux parfaitement mise et les invita à s'asseoir l'un en face de l'autre.

« Ah, c'est parfait, ils sont dans ma section en plus ! »

Caleb regardait le couple avec un sourire presque jaloux. « Je vais m'en occuper. Tu prends la table huit. »

Caleb prit un pichet d'eau dans lequel flottaient des glaçons et se dirigea vers la table du couple avec son sourire professionnel de service à la clientèle qui était tout aussi charmant que celui qu'il réservait à ses amis.

Alex fit de même pour se rendre à la table huit où étaient assis quatre hommes qui, d'après l'austérité de leurs expressions et de leurs accoutrements, étaient là pour discuter d'affaires de la plus haute importance et sûrement des plus lucratives.

Le soir, lorsque les deux collègues se rechangeaient dans leurs vêtements de rue dans la salle des employés, Caleb compta ses pourboires. Pas mal, mais bien loin d'être assez. Il prit un billet de vingt dollars et le montra à Alex. « Le pourboire de l'amoureux nerveux. »

« Fantastique. » Alex sortit un billet de cinq dollars de ses pourboires à lui pour le montrer à Caleb. « Table huit. »

Caleb enfila son pantalon. « Hé, Alex, tu connaîtrais pas une façon d'avoir de l'argent, et vite ? »

« La banque ? »

« J'ai pas d'historique de crédit et j'en ai besoin, comme hier. »

« *Cambriole* la banque ? »

Caleb mit son gilet à capuchon en regardant Alex enfiler sa veste de cuir qui avait l'air beaucoup trop dispendieuse pour le salaire qu'ils gagnaient, Caleb était bien placé pour le savoir.

Alex remonta la fermeture éclair de sa veste et répondit au regard interrogateur de Caleb en avouant : « Tu sais que plusieurs de ces femmes riches et solitaires qui viennent au restaurant t'offriraient de gros pourboires pour avoir la chance de manger leur pincée de caviar sur tes abdos de dieu grec ? »

Caleb ricana à l'idée. Aucune de ces femmes n'arrivait à la cheville de Charlie pour lui. Ses abdominaux et le reste de sa personne lui étaient donc réservés exclusivement. Il prit son sac à dos, lança un « à demain » à Alex et ressortit dans l'obscurité de la ruelle par la porte où il était entré le matin même.

Le lendemain soir, alors qu'Alex et lui comptaient leurs pourboires et délaissaient leurs uniformes, Caleb ne put que soupirer. Le temps passait et il commençait à désespérer. On était mardi. Plus que trois jours.

« Qu'est-ce que t'as, mon vieux ? T'as une tête de déterré ! »

« Besoin d'argent. Vite. »

Alex hésita. « Je connais un gars – George Le Requin, qu'il se fait appeler… mais j'irais pas à lui à moins d'être complètement désespéré. Il fait des prêts à intérêts élevés. Il en fait pas toujours, ça dépend des semaines. Je peux te donner son numéro si tu veux. »

Caleb secoua la tête et prit son sac à dos. « Tu travailles demain ? »

« Non, samedi. »

« À samedi, donc. » Caleb ressortit dans l'obscurité de la ruelle où il faisait un froid à ne pas laisser coucher un chien dehors. Il enfonça ses écouteurs dans ses oreilles, appuya sur *PLAY* et la chanson *For the Love of Money* des O'Jays servit de musique de fond à ses réflexions. Il n'avait jamais autant pensé à l'argent. Il avait toujours été satisfait d'avoir assez pour se remplir la panse, se couvrir le corps et s'entourer de quatre murs ; et de quoi se payer des cordes pour sa vieille guitare, bien sûr.

Il releva son capuchon sur sa tête et enfonça ses mains profondément dans les poches de son gilet à capuchon. Il marchait d'un pas rapide du même rythme que celui de la guitare basse de la chanson qui lui emplissait les oreilles, dépassant les vitrines illuminées de magasins qui protégeaient des sacs à main Louis Vuitton ou Gucci, des manteaux de fourrures d'animaux en voie d'extinction, des montres qui lui auraient coûté trois bonnes années de salaire. Il passa même devant deux guichets automatiques, remplis de bien des fois le montant dont il avait besoin. Mais sa carte de guichet n'était pas rattachée aux numéros magiques qui lui donnerait accès à l'argent, il n'était donc pas plus près de trouver une réponse à sa question quand il monta dans l'autobus qui le ramènerait chez lui. Il prit place dans son siège habituel. Cet autobus était toujours presque vide à cette heure-ci, et ça faisait bien son affaire. Ça lui permettait d'oublier l'impossible menu du jour, rédigé par le chef de cuisine qui se prenait pour Proust et qu'il devait apprendre par cœur dans un temps record. Ça lui permettait aussi de se reposer un peu les pieds.

L'autobus se remit en marche. Par la fenêtre devant lui, il pouvait contempler le défilé des vitrines illuminées qui protégeaient leurs richesses de son atteinte, jusqu'à ce que le véhicule ait assez accéléré pour embrouiller le mirage.

Il entendit un *ding* de notification qui provenait de son téléphone. Content d'avoir une distraction, il le sortit de son sac à dos et regarda l'écran. *Charlie Labelle a accepté votre demande d'amitié.*

C'est le sourire aux lèvres qu'il descendit de l'autobus à son arrêt. Il marcha devant un magasin d'appareils électroniques qui annonçait une vente monstre jusqu'au temps des fêtes, une boulangerie abandonnée depuis longtemps qui s'était jadis appelée *Moinfort et fils*, traversa la rue en diagonale au trot et fit le reste du trajet qui le ramenait chez lui d'un pas pressé, heureux de s'être rapproché quelque peu de Charlie, même s'il n'était pas vraiment plus près d'avoir trouvé de solution à son problème.

Caleb entra dans son immeuble et fit un signe de salut au concierge qui parlait au téléphone en jouant avec le bouton du calorifère de l'entrée. Le concierge lui rendit son signe de tête et continua de parler : « Je vais probablement avoir un appartement de libre la semaine prochaine. Je vais pouvoir vous le confirmer vendredi. »

Caleb monta les quatre étages d'escaliers qui le séparaient de son appartement trois par trois. Il ouvrit la porte et se dirigea directement vers le tableau vert qui schématisait les aventures de *Balle d'argent*. Il bascula le tableau pour pouvoir continuer d'écrire son histoire à lui.

« Hé ! » protesta alors Julio qui était assis sur le divan devant le tableau, sa bible en main. « Je travaillais, là. »

« Désolé, comment se développent les aventures de ton héros aujourd'hui ? »

« Elle va nulle part, mon histoire. Je suis coincé dans l'épreuve, bien au fond de l'abîme, j'ai encore un méchant bout de chemin à faire avant d'être rendu à la résolution. J'ai réfléchi et t'as bien raison, c'est pas très commercial de tuer mon héros. Il faudrait bien que je trouve le moyen de le faire survivre. »

Caleb hocha la tête en guise de réponse et ne put s'empêcher plus longtemps d'annoncer la nouvelle à son ami. « Charlie a accepté ma demande d'amitié sur Facebook. »

« Bon, c'est quelque chose, mais tu te rends compte qu'elle sait peut-être même pas qui tu es… Je reçois des demandes d'amitié « d'étrangères » trois fois par semaine. Et je dis étrangères entre guillemets parce que ça peut très bien être un homme qui a volé les photos d'une femme considérée comme étant un bon parti pour se créer un profil. En fait, j'ai même vu un reportage sur YouTube qui fait peur. Ils parlent d'*arnacoeurs*, le mot est formé des mots "arnaqueur" et "cœur" mis ensemble, comme les paparazzi l'avaient fait avec *Brangelina* avant le divorce des deux vedettes. Tu te rends compte qu'il y en a assez pour inventer un mot ? Où s'en va l'monde, dis-moi ? Y'a plein de pauvres hommes et femmes qui cherchent juste à rencontrer l'amour qui se font laver par des gens qui n'ont absolument aucun scrupule à profiter de leur solitude en leur disant ce qu'ils veulent entendre. »

« Peut-être, mais je suis quand même sûr qu'elle sait qui je suis, Charlie. Quand même ! » dit Caleb et il écrivit *George Le Requin* à côté du symbole de dollar pour mettre un terme à cette partie de la conversation.

« George Le Requin ? »

« C'est un gars qu'Alex connaît qui pourrait peut-être me prêter de l'argent. »

« Alex, ton collègue Alex ? »

Caleb opina de la tête. « Celui-là même. »

« Je resterais bien loin des eaux dans lesquelles il nage, ton requin, surtout si c'est Alex qui te l'a recommandé. J'ai aucune confiance en c'gars-là. »

« On dirait qu'il est mon seul espoir maintenant, ce requin. J'ai entendu le concierge qui promettait un appartement vendredi, c'est sûr que c'est celui de la mère de Charlie. »

« Non. Il n'est pas ton seul espoir. Il faut que t'arrêtes maintenant. Charlie est une grande fille. Laisse-la s'débrouiller. »

« Je peux pas. Tu comprends pas. »

« Essaie de m'expliquer parce que là tu commences à me faire peur avec tes histoires insensées. »

Caleb soupira et pointa le tableau.

« Je suis *pas* un super-héros. Je suis juste un gars ordinaire qui se sent comme s'il était tombé nez à nez avec sa destinée le jour où il a eu la chance de voir Charlie pour la première fois. Je sens une connexion avec elle comme j'en ai jamais ressenti pour personne, même si on ne s'est jamais vraiment parlé, je sais. C'est comme si c'était écrit dans le ciel qu'elle était faite pour moi et moi pour elle. Je veux pouvoir la protéger plus que j'ai jamais rien voulu dans ma vie et ça *même* si elle ne sait même pas que j'existe… C'est fou. Tu sais à quel point la musique me passionne, mais j'abandonnerais la musique sans y penser deux fois si j'avais la chance d'avancer dans la vie à côté d'elle. Je veux composer toutes mes chansons pour elle et passer le reste de mes jours à les lui chanter.

C'est tout. »

« T'es un vrai romantique. Et tes chansons sont en effet vraiment encore plus belles depuis que tu l'as vue. Je peux pas prétendre encore bien comprendre mais on dirait bien que tu ne laisseras pas tomber. »

Caleb secoua la tête.

« Bon, s'il n'y a *absolument* aucune autre solution, j'irai le voir avec toi, ce requin. Je peux toujours bien pas laisser mon meilleur ami aller patauger tout seul dans ces eaux infestées parce que je veux pas te décourager, mais toi et moi, on est aussi sans défense que deux sardines dans ces eaux mortelles-là. À deux, on a tout de même deux fois plus de chances de survivre ! Tu sais que je t'aiderais bien si j'avais de l'argent mis de côté mais je suis aussi fauché que toi. »

À ce moment-là, il y eut un petit coup rapide frappé à la porte d'entrée de l'appartement et Laura entra, son baise-en-ville en main. « Bonsoir, les boys. »

« Allô Lauracita », répondit Caleb. Julio se leva pour aller accueillir son amoureuse.

Caleb ramassa sa guitare et son attirail de rituel artistique et se dirigea vers la fenêtre.

« Tu vas pas aller sur le toit ce soir, Caleb. Il fait tellement froid. Reste avec nous, on va regarder un film. »

« J'ai pas la tête au cinéma. Amusez-vous. Je resterai pas longtemps. » Il attrapa une couverture qu'il se mit autour du cou.

« C'est ta perte ! » dit-elle mais Caleb ne l'entendit pas puisqu'il avait déjà refermé la fenêtre derrière lui.

Caleb s'installa donc dans sa chaise, mit la couverture sur ses épaules, se frotta les mains l'une contre l'autre en soufflant sur ses paumes pour les réchauffer et regarda le ciel étoilé juste à temps pour voir une étoile filante croiser la largeur du ciel de gauche à droite. Il ne croyait pas vraiment à la superstition que lui avait apprise sa mère quand il était enfant mais se dit que ça lui coûtait encore moins qu'un billet de loterie de faire un vœu et fit le vœu que son désir le plus cher se réalise, et ce, au plus vite.

Il prit ensuite sa guitare et chanta sa meilleure chanson dans l'écho de la nuit froide. C'était de loin sa composition préférée. Il l'avait intitulée « Moi et toi » et l'avait écrite en entier le jour où il avait vu Charlie pour la première fois, avant même de connaître son nom.

S'il s'était retrouvé sur le toit de l'immeuble aux murs de stucco blanc d'en face, il aurait pu voir que Charlie était assise près de la fenêtre entrouverte de son appartement du quatrième étage et l'écoutait, se disant qu'elle n'avait jamais rien entendu d'aussi beau de sa vie et que la fille pour qui cette voix mielleuse chantait cette parfaite chanson d'amour avait bien de la chance.

Caleb et Charlie oublièrent tous deux leurs soucis jusqu'à ce que la dernière note de la chanson soit jouée.

Le lendemain soir par contre, alors que Caleb était à nouveau assis dans l'autobus en revenant de son dernier jour de travail jusqu'au samedi et qu'il faisait un calcul mental des pourboires qu'il avait gagnés depuis les trois derniers jours, ses soucis le préoccupaient au plus haut point puisqu'à chaque comptage, le total demeurait toujours le même et il était encore beaucoup trop loin du montant nécessaire.

Une jolie femme blonde monta dans l'autobus et le dépassa pour aller s'asseoir vers le fond du véhicule. Jolie mais pas son genre. Au-dessus de sa tête déroulait une publicité digitale pour un avocat chasseur d'ambulance. Caleb se laissa hypnotiser par la publicité pendant un long moment et se décida. Il prit son téléphone cellulaire et envoya un texto à Alex puisqu'il ne voyait *absolument* aucune autre solution :

> *T'as le numéro de*
> *George Le Requin ?*

Il était nerveux et attendait la réponse d'Alex qui tardait à venir. Maintenant qu'il avait fini par prendre sa décision, il n'avait pas envie que la suite de son plan soit retardée par quelque chose d'aussi anodin qu'un texto non répondu.

Il avait eu le temps d'apprendre inconsciemment par cœur l'annonce publicitaire du chasseur d'ambulance quand il reçut enfin la réponse d'Alex qui n'était rien d'autre qu'un numéro de téléphone.

Caleb était tellement content qu'il avait presque oublié de descendre à son arrêt d'autobus. Il se dépêcha de ramasser ses affaires, de sauter sur le trottoir et de faire le trajet qui le séparait de son immeuble d'un pas rapide.

Il ne remarqua pas la jolie femme blonde qui avait été dans l'autobus avec lui prendre le bras d'un homme en face du Café du Coin alors qu'il traversait la rue en diagonale. Il ne put pas attendre d'être rendu chez lui pour appeler le numéro qu'Alex lui avait donné.

Il était essoufflé quand il entra dans l'appartement. « Julio ! C'est arrangé ! Demain. George va me donner l'argent demain matin. »

« Bon, j'y vais avec toi. On plonge demain matin. »

Et le reste du plan de Caleb s'était déroulé comme sur des roulettes. Julio et lui étaient allés rencontrer George qui avait, tout compte fait, plus l'apparence comique d'un poisson-ballon gonflé que celle d'un requin. George Le Requin lui avait avancé l'argent en échange d'une photocopie de son permis de conduire qui indiquait son adresse actuelle et la promesse de rembourser le montant en plus d'un intérêt de vingt-cinq pour cent. Caleb s'était dépêché d'aller acheter tous les mobiles sur le site de Charlie et avait su peu de temps après par le concierge qu'aucun appartement de l'immeuble ne serait disponible le vendredi. Madame Bruno lui avait confirmé que Charlie avait réussi à trouver le montant dont elle avait eu besoin à la dernière minute et que tout allait bien, pour l'instant.

Caleb avait effacé son côté du tableau vert, bien content de vivre dans la réalité et de ne pas avoir eu à traverser une fraction des obstacles, des épreuves et des crises réservés à *Balle d'argent* dans son voyage du héros.

Il avait même trouvé le moyen de se rapprocher de Charlie. Il commençait donc à pencher de l'avis de Julio et de son poster. Peut-être qu'Einstein s'était en effet trompé et qu'on avait plus son mot à dire sur sa propre destinée que le génie l'avait laissé entendre. Peut-être que c'était nous qui jouions les notes du violoncelle sur lequel on dansait ? Peut-être. En tout cas, la vie était belle. Du moins, jusqu'à ce que George l'appelle cinq jours à peine après lui avoir accordé son prêt en lui disant qu'il devait absolument le rembourser dès maintenant, ou subir les conséquences. Caleb commençait à entrevoir les dents du requin, ou le poison du poisson-ballon, mais en avait moins peur que Julio qui avait été avec lui dans l'autobus quand il avait reçu l'appel de menaces.

Ils descendirent de l'autobus et commencèrent à marcher côte à côte sur le trottoir.

« Qu'est-ce qu'on va faire ? Je l'savais que ça arriverait. »

« Je sais pas. Il ne respecte pas les termes qu'il avait donnés. »

« Tu demandes du respect de la part d'un requin ? Un requin, ça veut du sang. Et là, il veut ton sang à toi. »

« Tout ce qui importe pour l'instant, c'est que j'ai enfin un rendez-vous avec Charlie ce soir. Je penserai à George demain. »

« Elle a un faible pour les joueurs de guitare à qui il manque des doigts, ta Charlie ? »

« Julio, relaxe. Je pourrais être mort demain. » Il regarda l'autobus duquel ils venaient de descendre. On pouvait voir la publicité de « Assurances Montfort Illimitées » qui prenait tout le côté du véhicule de transport en commun. *Vivez votre vie sur la voie rapide, assurez-vous simplement qu'elle soit assurée adéquatement.* « Je pourrais me faire écraser par un autobus… mais pas avant ma soirée avec Charlie. Comme j'ai dit, c'est tout ce qui importe pour l'instant. »

« Peut-être que George pourrait se faire frapper par un bus à la place ? »

La question resta sans réponse alors que les deux amis continuaient de marcher, pensifs.

Et c'est pendant cette pause qu'Anna sortit de l'appartement de son « ancien » petit-ami en claquant la porte. Elle courut se réfugier derrière le volant de sa Ford bleue rouillée et pleurait à chaudes larmes. Elle lança son téléphone cellulaire sur le siège du passager, le retourna pour qu'elle puisse en voir la face, démarra la voiture, alluma la radio et crinqua le volume. Elle partit ensuite en trombe.

Caleb enfonça ses mains dans le fond des poches avant de son jeans et fronça les sourcils alors qu'il en ressortait un morceau de papier qui était visiblement passé dans la machine à laver.

« C'est quoi ? »

« Je sais pas. » Il déplia le morceau de papier avec soin.

« Ah, c'est le billet de la Méga Loto que j'ai acheté la semaine dernière. Je l'avais complètement oublié. »

« Ah oui ? C'est quand le tirage ? »

« C'était vendredi qui vient de passer. »

Julio sortit alors son téléphone cellulaire. « T'imagines si t'avais gagné ? On pourrait aller dire à George d'aller jouer dans le trafic avec ses menaces envers tes doigts. »

« J'ai plus de chances de me faire frapper par l'autobus dont on parlait tout à l'heure que de gagner à la loterie, Julio. Les statistiques le prouvent. »

« T'as le billet en main. Ça coûte rien de vérifier. Allez, donne-moi les numéros et arrête d'être si pessimiste. »

« OK, OK… Neuf. »

« Check ! Ça commence bien ! Il en manque plus que six. »

« C'est ça, plus que six. »

« Prochain numéro. »

« Dix-huit. »

« Check ! Prochain ! »

« Vingt-deux. »

« Check ! »

« Tu te moques de moi ? »

« Non ! Allez, continue ! »

« Trente-cinq. »

« Oh mon dieu ! Quatre bons numéros ! C'était combien le gros lot ? »

« Soixante-neuf millions, je pense. Oui, soixante-neuf millions. Le commis du dépanneur m'a même demandé ce que je ferais avec soixante-neuf millions de dollars. »

« Soixante-neuf millions de dollars ! Continue ! T'imagines si tu gagnais ce gros lot. Tout ce que tu pourrais faire avec cet argent-là ? »

Au même moment où Julio s'exclamait, un adolescent qui se trouvait à deux coins de rue d'eux laissa tomber sa planche à roulettes sur le trottoir et posa sur ses oreilles les gros écouteurs antibruit qu'il avait reçus pour son quatorzième anniversaire trois jours plus tôt et crinqua le volume autant qu'Anna qui, elle, était en train de chanter à tue-tête le refrain de *Total Eclipse of the Heart* par-dessus la voix de Bonnie Tyler. La signification des paroles la faisait pleurnicher en soubresauts de plus belle. Elle jeta un autre coup d'œil rapide vers son téléphone cellulaire et, voyant que celui-ci n'avait reçu encore aucun message qui démontrait que Ben n'avait toujours pas changé d'idée quant à la fin de leur relation, elle augmenta le flot de ses larmes.

« Trente-sept. »

« Trente-sept ! *Oui* ! »

« Quarante. »

« Ah merde ! Non… et le dernier ? »

« Quarante-quatre. »

« Non plus. Et le bonus est vingt-neuf. »

Caleb secoua la tête.

« Bon, cinq bons numéros, ça doit quand même donner un bon montant… »

« Combien ? »

« Attends, je regarde… »

Anna chantait maintenant avec Bonnie Tyler, indiquant qu'elle était en attente d'un héros, bien d'accord avec la chanteuse sur les qualités que celui-ci devrait avoir.

L'adolescent, pour sa part, prenait de la vitesse sur sa planche à roulettes. Voyant de loin qu'aucune voiture ne semblait être sur son chemin, il sauta en bas du trottoir pour traverser la rue.

« Ça fait combien ? »

« Quoi ? 291,30 $? »

« C'est tout ? »

« Un numéro de plus et t'avais plus de cinq mille dollars et tous nos problèmes étaient réglés. »

« C'était beaucoup trop beau pour être vrai de toute façon. Et je te rappelle que c'est *mon* problème à moi… t'as rien à voir là-dedans. »

Caleb regardait les numéros de son billet de loterie en se demandant pourquoi ça ne pouvait jamais se produire, des événements à propos qui étaient trop beaux pour être vrais.

Julio regardait aussi le billet que Caleb tenait en se demandant à peu près la même chose quand il leva la tête juste à temps pour voir un adolescent sur une planche à roulettes qui regardait derrière lui pour faire un geste obscène à l'automobiliste qui venait de l'esquiver, si bien que Julio eut juste le temps de pousser Caleb afin d'éviter qu'ils entrent en collision.

Anna vit la face de son cellulaire s'allumer du coin de l'œil et se dépêcha d'attraper l'appareil pour lire le message de regrets que lui avait immanquablement envoyé Ben.

Caleb, surpris, fit un pas de côté pour éviter de tomber, vit à peine l'adolescent rouler en flèche à côté de lui, se heurta la jambe contre le bras d'une borne-fontaine, tenta en vain de stopper sa chute en empoignant un poteau qui se trouvait à côté, se tordit la cheville en tombant du trottoir et s'allongea de tout son long dans la rue. Toute la scène n'avait duré qu'une seconde qui avait paru durer une éternité à Caleb. Pendant sa chute, il tourna la tête juste à temps pour voir l'ovale du *Ford* foncer directement sur sa tête et son esprit menacé commença à lui faire dérouler le spectacle de sa vie devant ses yeux…

Anna lut :

Qu'est-ce que tu veux
manger pour souper ?

« Qu'est-ce que j'veux manger pour souper ? Mais on s'en fout ! » cria Anna à son cellulaire, à l'intention de sa mère qui ne comprenait évidemment rien aux choses importantes de la vie.

Caleb sentit le vent créé par la vitesse de la voiture qui le dépassait lui souffler sur la nuque alors qu'il faisait un redressement assis, juste à temps pour éviter que son cou ne soit écrasé par la roue avant droite du véhicule. Les pneus de la voiture crissèrent avant de s'arrêter au feu rouge, à deux poils de se faire ramasser par un camion à ordures qui, lui, obéissait sans retenue à son propre feu vert.

Le cœur d'Anna battait la chamade. Le téléphone qu'elle tenait toujours tremblait visiblement. Elle était passée à deux cheveux de brûler le feu rouge et de se faire ramasser par un camion à ordures. L'accident l'aurait tuée, aucun doute là-dessus. Elle lança son téléphone sur le siège du passager, face contre siège, sans répondre au texto, s'essuya les joues, éteignit la musique et déclara : « La vie est bien trop courte pour s'en faire pour un homme. Un de perdu, dix de retrouvés ! Dix ? Cent de retrouvés ! »

Julio avait tendu la main à son ami pour l'aider à se relever et ils avaient regardé tous les deux le feu de circulation passer du rouge au vert et la Ford bleue repartir lentement.

« Putain, c'était proche. Ça va ? Rien de casser ? »

« Ça va. Je pense. Mais j'te jure que j'avais déjà commencé à voir la scène où ma mère pansait mon premier gros bobo… »

Caleb se pencha pour essuyer la poussière de ses jeans. Il agrippa le poteau qui indiquait qu'il était interdit de stationner devant la borne-fontaine sous peine d'une amende de 300 $ et se pencha pour ramasser son billet de loterie qui était presque disparu dans une fente de la grille d'égout. Un montant de 291,30 $ n'était pas soixante-neuf millions de dollars, mais c'était quand même mieux que rien du tout. Il se releva et se remit à marcher en boitant.

« Je me suis bien tordu la cheville, on dirait. »

« T'as besoin que je t'aide à marcher ? »

« Non, ça devrait… » Caleb se retourna. « Attends, je dois vérifier quelque chose. » Il fit demi-tour, boitilla vers la grille d'égout et ramassa une boule de papier qui s'était déchirée sous son pied quand il était tombé.

Il finit d'éventrer le sac et en sortit de ses entrailles une liasse de billets de banque retenue pliée en deux par un élastique rose, comme celui qu'il avait déjà vus dans les cheveux de sa petite sœur.

Il montra la liasse de billets à Julio, utilisa son pouce pour passer les nombres imprimés sur le coin des billets en revue et constater qu'ils étaient tous des billets de cent dollars. Les deux amis restèrent muets un long moment, ne sachant pas trop comment on devait réagir quand la réalité s'avérait plus étrange que la fiction.

Julio prit la liasse des mains de son ami, retira l'élastique, compta les billets et se mit à rire de bon cœur.

« Quoi ? »

« Il y a deux mille dollars. »

« Tu t'fous d'ma gueule ! »

« Non. Deux mille dollars *exactement*. » Il replia les billets, les entoura à nouveau de l'élastique rose et les remit dans les mains de son ami.

« T'es en train de m'dire que j'ai trouvé *exactement* le montant dont j'ai besoin pour rembourser notre requin ? »

Julio hocha la tête.

« T'es en train de m'dire que je vais pouvoir me permettre d'emmener Charlie dans un bon restaurant pour notre premier rendez-vous ce soir avec l'argent du billet de loterie *et* que j'aurai même assez pour laisser un pourboire généreux ? »

Julio hocha la tête.

Caleb, lui, secoua la sienne.

« Tu t'rends compte que si j'avais mis le pied juste à côté de la boule de papier, je ne l'aurais jamais trouvé cet argent et on serait passés tranquillement à côté en continuant de se demander comment on allait faire pour empêcher que j'me fasse amputer les doigts par George ? »

Julio hocha la tête à nouveau. Il ne savait plus trop comment réagir. C'était le genre de résolution qui n'aurait ja-mais passé dans son histoire de *Balle d'argent*. « On dirait bien qu'Albert Einstein et Mark Twain avaient peut-être raison tout compte fait. »

« Et peut-être que les superstitions sur les étoiles filantes sont vraies ! » renchérit Caleb qui rappelait déjà le dernier numéro affiché sur son téléphone cellulaire.

« George ? T'es où ? J'arrive. »

Noyade d'un
petit poisson

ligne 8

Noyade d'un petit poisson

« Come on, Rich. Mick me connaît. Laisse-moi donc entrer. »

« Mick a dit de pas t'laisser entrer si t'avais pas tout l'argent que tu lui dois de la dernière fois. T'as l'argent ? Si t'as l'argent, tu entres, si t'as pas tout l'argent, tu fous l'camp d'ici et tu gardes ta grande gueule fermée sur cet endroit. »

« Je l'ai pas tout à fait, mais j'suis cool, Richy Rich. Mick sait ça. Je dois jouer. J'dois r'faire tout c'que j'ai perdu la dernière fois. Appelle-le, appelle Mick. Tu vas voir, il va m'laisser jouer ce soir. »

Sur ces mots, la porte métallique devant laquelle les deux hommes se tenaient s'ouvrit et Mick sortit pour les rejoindre. Il pointa la caméra de sécurité qui était braquée sur le dessus de leurs têtes.

« George, George, George… je r'garde ta p'tite ombre danser devant Rich depuis dix minutes. Tu t'trémousses parce que t'as envie d'pisser ou parce que t'es excité de m'rendre mon argent ? »

Une sirène de police retentit alors au loin et, par réflexe, les trois hommes s'immobilisèrent, le temps de déterminer si celle-ci s'approchait ou s'éloignait d'eux. Aussitôt qu'il fut évident qu'elle ne se dirigeait pas dans leur direction, Mick poursuivit sans attendre la réponse de George : « T'as besoin de pas être ici si t'as pas mon argent, George, j't'avais bien averti. »

George se dandinait maintenant comme s'il faisait un effort de volonté pour contrôler sa vessie.

« J'ai juste le *buy-in*, Mick. Mon chat s'est fait frapper par une voiture. T'sais que les vets sont des vrais voleurs… prennent avantage de toi quand t'as pas l'choix. Les sans-cœur laisseraient une pauv' p'tite bête crever si tu les payes pas d'avance. Mais je l'sens ce soir, Mick. Je l'sens dans l'fond de mon âme, Mick, que ce soir, c'est mon soir. Il faut que j'me sorte du trou. »

« Capone s'est fait frapper par une voiture ? T'es vraiment un trou du cul, George. T'utilises ton chat pour gagner ma sympathie ? » Mick secoua la tête de découragement. « Tout c'que tu sais faire, c'est d'creuser ton trou encore plus profond. Dans l'trou où tu t'trouves présentement, t'es même trop p'tit pour en sortir tout seul. On dirait que tu me d'mandes de commencer à pelleter pour finir de t'y enterrer. Je t'ai dit que j't'avançais plus d'argent. »

« Tu prends les clés de mon bébé, Mick. Si j'finis pas la soirée dans l'vert, elle est à toi. »

George sortit le trousseau de clés de la poche de son pantalon et les agita devant les yeux de Mick de façon à l'aguicher.

« Tu m'montres tes clés avec la main où t'as perdu ton p'tit doigt. Tu t'souviens pas d'la façon que tu l'as perdu ton p'tit doigt, George ? »

George changea alors de main pour continuer de faire sonner ses clés et enfonça sa main à quatre doigts dans sa poche pour en ressortir une poignée de billets de banque.

« Mon bébé, et le *buy-in*. »

Les billets de banque attirèrent le regard de Mick comme si ses yeux avaient été ferreux et les billets magnétiques.

« Tu m'donnes ta Mustang ? Elle est où ? Tu t'es fait rentrer dans l'cul ou quoi ? J'parie qu'elle vaut même plus la peau d'tes fesses si tu veux la mettre en garantie. »

« Bébé va bien. Elle est à la maison. T'sais bien que j'la conduis jamais quand j'bois. »

Mick soupira, contempla les clés que Mick continuait de faire sonner et les lui arracha de la main.

« T'as besoin d'gagner George, parce ton bébé est à moi sinon. »

George sautillait maintenant.

« Oh, Mick, merci, merci, merci ! Tu vas pas le r'gretter ! » dit-il en suivant Mick dans l'immeuble abandonné qu'on avait ramené à la vie l'espace d'une nuit de poker clandestine.

« T'as besoin de pas les perdre, mes clés ! » ne put-il s'empêcher de rajouter.

La pièce sans fenêtres du sous-sol dans laquelle Mick et George aboutirent avait été aménagée pour la nuit à la façon d'un casino maison à une seule table. Dans un des coins de la pièce, il y avait un bar garni de boissons d'hommes. Bière, whiskey, téquila. Il y avait même quelques Appletinis, parce que certains hommes étaient assez sûrs d'eux pour avouer avoir un faible pour cette boisson de femme. Dans un autre coin, une grande table couverte d'une nappe de restaurant était remplie d'assiettes d'amuse-gueule variés qui devaient soutenir les joueurs pendant leur longue nuit de jeu. Dans l'ombre d'un autre coin, on pouvait deviner la silhouette d'un sofa sur lequel une femme gardée incognito par l'obscurité était assise.

Au centre de la pièce trônait une grande table ronde au tapis vert entourée de cinq joueurs de poker et d'un croupier. Les cinq hommes se retournèrent pour accueillir Mick et le nouveau venu.

« On dirait bien que j'vais m'farcir de doigts de p'tit poisson-clown pour dessert ce soir », avait déclaré en guise de bienvenue le joueur caractérisé par une obésité morbide, assis sur une chaise faite sur mesure, alors qu'il levait la tête pour mieux s'enfoncer deux crevettes à peine décongelées dans la bouche, queues y comprises. Il mastiqua en riant de sa propre blague à gorge déployée, ce qui eut pour effet de faire vaguer ses mentons superposés. Ses compagnons de jeu rigolaient.

Alors que la serveuse vêtue de bottes très hautes et d'une robe très courte s'apprêtait à continuer de faire le tour de la table pour offrir les crustacés au reste des joueurs, l'homme aux mentons multiples lui fit signe de laisser l'assiette à côté de lui.

« Moi, je vais les prendre en entrée, les doigts de p'tit poisson », avait renchéri le joueur qui portait un veston à l'air dispendieux dont les coutures des manches semblaient sur le point de craquer sous la pression exercée par ses biceps. Il exhibait une bague en or démesurée à l'auriculaire de sa main droite, celui-là même où George ne pouvait plus en porter.

George fit mine de ne pas entendre les remarques, suivit

Mick jusqu'au bar et lui donna la poignée de billets qu'il tenait encore en main.

« Pas besoin de compter, le montant exact du *buy-in* y est. Tu peux m'faire confiance. Allez donne-moi vite mes jetons, la fortune m'attend ! »

« Garde ta tête bien fixée sur tes épaules ce soir, George. Si tu perds, tu vas perdre plus que ta Mustang, ou le p'tit doigt qui t'reste. »

George fit mine de ne pas entendre cet avertissement non plus. Il prit ses jetons et se dirigea vers la chaise libre que le croupier venait de rajouter pour lui à la table.

« Ce soir, c'est mon soir ! Tassez-vous les filles, George arrive pour prendre le magot ! C'est ça, George va prendre tooouuuus vos jetons ce soir ! »

Rachel avait déposé l'assiette de crevettes à l'endroit où l'homme obèse lui avait indiqué et, ne sachant pas trop quoi faire, elle regarda vers le sofa où était assise sa collègue. La nonchalance de sa posture, les jambes croisées, dans un *catsuit* de vinyle noir qui devait être encore plus inconfortable que son accoutrement à elle, lui inspira confiance et elle obtempéra quand la belle brune tapa l'espace libre à côté d'elle de la main. Rachel abaissa l'ourlet de sa minijupe moulante qui s'obstinait à remonter la courbe de ses fesses à chaque mouvement puis s'assit à l'endroit indiqué.

« Moi, c'est Cindy. » La brune lui présenta une main droite parfaitement manucurée. « C'est ta première fois ? »

« Rachel. » Elle accepta la main tendue de sa propre main aux ongles rongés et hocha la tête. « C'est si évident que ça ? J'ai vraiment aucune idée de ce qui se passe. »

« C'est pas compliqué, ma chère. On est ici pour se taire et être belles, mais invisibles en même temps. Le patron veut qu'on aguiche les joueurs, mais les joueurs, eux, ne veulent pas vraiment qu'on les distraie. Ils veulent être servis en silence. Donc, on remplit les verres vidés et on passe des assiettes d'amuse-gueule tous les quarts d'heure. De temps en temps, on se plante derrière un des joueurs pour lui masser les épaules. Fais ton possible pour te concentrer sur les épaules du gagnant. C'est pas payant de masser celles du perdant, même si c'est probablement celui qui en a le plus besoin. Le perdant n'est jamais généreux en pourboires. »

« Pas compliqué du tout. »

« Ça vient vite. T'en fais pas. C'est pas du tout valorisant comme boulot, je l'avoue, mais la plupart des soirs, je rentre chez moi avec plus d'argent en poche que la plupart de ces gars-là. »

« Ah oui ? »

« Ouais. Tu vois l'homme qui vient de s'asseoir ? »

« Le p'tit ? »

Cindy fit oui de la tête. « C'est le poisson. »

« Le poisson ? »

« Oui. Le poisson, c'est le joueur qui a le plus de faiblesses dans son jeu. Il paie trop souvent avant le flop pour jeter ensuite. »

Elles regardèrent George prendre deux des jetons devant lui et les jeter au centre de la table. « J'te r'lance, motherfucker ! »

« Il perd toujours. Il est systématiquement le plus faible joueur à la table. Il y a quelques jours à peine, il a perdu toute la nuit, il n'a même pas gagné une seule main et a passé son temps à demander du crédit à Mick. C'est un *loser* profession- nel celui-là, avec une grande gueule, en plus. Il joue avec le feu et il va se brûler un de ces quatre, ça, c'est sûr. Reste à savoir quand. »

« Je ne masserai pas les épaules du poisson donc. »

« Pas de danger. Maintenant, tu vois le gros ? Ça, c'est Doug. Tout le monde l'appelle Hot Doug. »

Les deux femmes regardèrent l'homme qui prenait le quart de la table à lui seul. Une longue tresse lui descendait dans le dos.

« Hot Doug ? »

« C'est un mangeur professionnel. » Cindy tourna la tête vers Rachel et, constatant son regard interrogateur, poursuivit : « Sans blague. Il a fait carrière de sa gourmandise. Pourquoi pas ? Tant qu'à être glouton, pourquoi ne pas en profiter ? Et pour en profiter, il en profite ! Il gagne des centaines de milliers de dollars en participant à quelques compétitions à chaque année… je l'ai déjà vu à la télé, il peut engloutir hot dog après hot dog sans même les mâcher. Il passe le reste de son temps à pratiquer son art, de toute évidence. Il divise ensuite ses gains entre la bouffe et la table de poker. En fait, il serait un assez bon joueur s'il était aussi préoccupé par le jeu que par les plats de crevettes ou de bâtonnets de poisson. Et Mick le sait trop bien, c'est pas pour rien qu'il y a tant de bouffe à chaque soirée. Hot Doug est l'éléphant à la table. C'est le joueur qui joue beaucoup de coups et relance rarement. Lui, il aime aller à l'abattage. »

« Hot Doug est l'éléphant ? Original ! Et lui, c'est qui ? Il me fait peur un peu. »

Rachel pointait l'autre homme qui commandait le plus d'attention à la table de jeu, celui qui, d'après sa musculature, devait passer bon nombre d'heures de son quotidien à soulever des poids lourds.

« Ça, c'est Rocco. C'est le chacal de la table. Il joue beaucoup de mains et relance souvent. Il vole et agresse. Et je pense qu'il ne le fait pas juste à la table de poker. Il travaille pour Le King. C'est pas mal tout ce que je sais de Rocco. »

« Le King ? C'est qui, Le King ? »

« En fait, personne ne sait qui est Le King, sauf Rocco. C'est pas un chanteur de rock'n'roll ni un écrivain d'histoires d'horreur en tout cas ! Ce qui est certain, c'est qu'il a beaucoup de pouvoir dans ce monde sous-terrain. Il est invisible mais on a tous peur de son ombre. Il brasse des affaires criminelles et doit avoir plusieurs morts sur la conscience. Enfin, s'il a une conscience. C'est à débattre. »

Cindy fut interrompue par les cris de George qui demandaient ce qu'il fallait bien faire pour avoir une bière par ici.

Rachel se leva et descendit le bas de sa robe. « Je m'occupe du breuvage du poisson. » Elle fit un clin d'œil à Cindy et revint s'asseoir quelques minutes plus tard en montrant le jeton bleu qu'elle avait reçu en dédommagement pour son dérangement.

« Si George t'a donné dix dollars de pourboire, c'est qu'il doit être en train de gagner gros. »

Les deux femmes regardèrent donc dans la direction de George et constatèrent qu'il avait en effet plusieurs tours branlantes de jetons devant lui ainsi et que son expression ne devait en rien l'aider à bluffer.

« Ça finit vers quelle heure d'habitude ? »

« Ça dépend, aux p'tites heures du matin probablement. »

« Merde, il va falloir que je trouve un coin pour aller pomper ou les seins vont m'exploser. » Elle s'empoigna la poitrine. « Une chance que j'ai laissé plein de lait à la gardienne. »

« T'as un bébé ? »

« Pas un, trois. Des triplets… Albert, Jean et Maurice. Trois garçons. »

« Des triplets ? » Cindy siffla. « Maurice ? Ça c'est un nom que je n'ai pas entendu depuis longtemps. »

« Je sais. C'est drôle, c'est comme s'il avait lui-même choisi son nom. Quand je l'ai pris dans mes bras la première fois, j'ai su tout de suite qu'il devait s'appeler Maurice. C'était presque surréel. Maurice est le plus doux des trois. Ils sont tellement différents l'un de l'autre, mais ils sont tous les trois absolument parfaits juste comme ils sont… » Rachel avait un sourire imprégné d'amour maternel aux lèvres. « C'est pour ça que je suis ici. J'aurais pu subvenir aux besoins d'un seul bébé avec mon salaire de serveuse, mais certainement pas de trois. Ils sont toute ma vie depuis la minute où ils sont nés et je ferais n'importe quoi pour les protéger. Je ne savais pas qu'on pouvait aimer autant, tu sais. » Elle essuya les larmes qui apparaissaient aux coins de ses yeux avec le bout de ses index avant que son mascara ne barbouille sa jolie figure.

« Tes garçons ont vraiment de la chance d'avoir une mère comme toi. »

« Merci, j'essaie… Je veux qu'ils aient le meilleur futur possible. Toi, tu as des enfants ? »

« Moi ? Non… Je suis pas sûre d'être taillée pour la maternité. Il y a vraiment des femmes qui ne devraient pas avoir d'enfants, j'en suis persuadée. »

« T'as probablement raison. Mes fils sont toute ma vie mais ça ne change pas le fait que m'occuper d'eux est la chose la plus difficile que j'aie faite de toute ma vie, justement. Et ma vie est loin d'avoir toujours été rose, crois-moi. »

« Je n'en doute pas. J'ai de la difficulté à m'occuper de mes propres petites fesses à moi… alors changer les couches de trois… »

« Et comment est-ce que tu en sais tant sur le poker ? »

« J'en connais plus sur les joueurs que sur le poker, en fait. J'ai une maîtrise en psychologie comportementale. J'ai presque terminé ma thèse de doctorat d'ailleurs. Tu pourras m'appeler docteure Cindy très bientôt. »

Rachel siffla. « Une docteure ? Merde ! Mais pourquoi est-ce que t'es ici dans ce cas-là ? »

« Ça a commencé avec des recherches sur la dépendance au jeu mais, ironie du sort, je suis moi-même devenue accro à l'argent. J'ai presque fini de rembourser mes prêts étudiants à cause de ces soirées, peux-tu croire ça ? Cinq soirées de plus et je devrais avoir terminé. Un jour, je vais ouvrir un cabinet pour aider les toxicomanes et les accros du jeu à se débarrasser de leurs dépendances. »

« J'ai faim ! » C'était l'éléphant qui criait.

Cindy se leva. « À mon tour. Tu sais que la plupart des hommes autour de cette table devraient être des réguliers à ma future clinique, à moins qu'il soit déjà trop tard pour eux. »

Lorsque les assiettes sur la table des gueuletons avaient été vidées de leur contenu, que George avait bu assez de bières pour que ce soit une bien bonne chose qu'il ait laissé Bébé chez lui ; que Rachel s'était retirée dans une salle de bain pour descendre les bretelles de sa robe et de son soutien-gorge de maternité pour se vider les seins dans le trou de l'évier ; que Cindy se soit assoupie trois fois sur le divan ; que quatre des six joueurs n'aient plus aucun jeton devant eux, le centre de la table au tapis vert était rempli de jetons multicolores qui témoignaient de la bataille qui se jouait entre le chacal et le poisson. Le jackpot était énorme.

Rocco vit et relança.

« Va t'faire foutre, Rocco ! Mais qu'est-ce que tu m'fais ? Tu peux pas gagner, c'est moi qui dois gagner. J'peux pas perdre. »

Et George compta la valeur des tours de jetons qui étaient empilés devant lui et sortit de sa poche une liasse de billets retenue pliée en deux par un élastique à cheveux rose qui aurait pu appartenir à Cindy ou à Rachel.

Les joueurs qui ne jouaient plus se mirent à rire.

« George ! T'as vidé la tirelire de ta p'tite sœur ? »

George les ignora. Il retira l'élastique rose qu'il jeta par-dessus son épaule et ouvrit les billets en éventail à la façon d'une main de cartes de jeu.

« Deux mille dollars. Jetons, Mick ! »

Hot Doug étira le bras pour soutirer de l'éventail le vieux billet de cent dollars qui détonnait au travers des dix-neuf autres pratiquement flambants neufs.

« Tu t'es torché les fesses avec celui-là, Georgie ? »

Le billet se déchira presque en deux lorsque George l'arracha de la main de Hot Doug.

« R'garde c'que t'as fait ! » Il se leva alors et balaya son entourage de ses deux mains. « C'est *tout* de l'argent sale. Même les j'tons sont sales, donc ferme ta gueule. C'est pas moi l'perdant ce soir. *Vous* êtes les perdants ce soir. Toi aussi, Rocco ! » George hésita à peine avant de rajouter l'insulte. « La p'tite pute de King. »

« Tu laisses Le King en dehors de ça ou il va t'arracher

les doigts qui te restent et te les fourrer dans ton p'tit anus d'anchois. »

Mick s'appropria les vingt billets de cent dollars pour arbitrer la dispute. « T'avais juste le *buy-in*, hein ? Espèce de p'tit con. » Il ramena deux mille dollars de jetons et hésita.

« Tu t'arrêtes George. T'as assez pour me rembourser avec c'que t'as devant toi et même pour acheter des nouveaux enjoliveurs pour ta Mustang. Il faut savoir quand s'arrêter. »

« Mais t'es fou Mick ! J'peux pas perdre avec la main que j'ai. Pose les jetons. » Mick les posa devant George qui, sans réfléchir davantage, les poussa avec le reste pour les mélanger au jackpot.

Le geste sembla couper le clapet à tout le monde. On aurait pu entendre une mouche voler dans la pièce.

« Carte. »

Le croupier tourna la carte.

C'était la reine de cœur.

« Montre-moi c'que t'as. »

Rocco sourit et retourna ses cartes. La reine de cœur venait compléter son carré de reines.

George pâlit. Inutile de dévoiler sa main. Le carré de reines battait son carré de deux, haut la main.

« Pauvre petit poisson, ça t'apprendra à vouloir nager avec les requins. » Rocco avança les bras pour attirer tous les jetons vers lui. Les coutures de son veston s'ouvrirent dangereusement avec le geste.

« Mick, il est temps pour moi d'encaisser. »

George perdit alors la boule, et sa Mustang, et Dieu sait quoi d'autre encore.

Cindy secouait la tête, prise de pitié pour le petit poisson qui n'avait pas su s'arrêter et qui ne survivrait peut-être pas assez longtemps pour pouvoir un jour bénéficier des services de sa future clinique.

le bout de la ligne

le bout de la ligne

Ariel marchait du pas décidé de ceux qui doivent avoir un but pour affronter les caprices de dame Nature par un matin froid de décembre. Elle s'arrêta au coin de la rue pour attendre que le petit homme blanc apparaisse, lui donnant la permission de traverser. Elle fixait la paume rouge lumineuse comme si la seule intensité de son regard avait le pouvoir de la faire changer plus vite. Aussitôt que le petit bonhomme apparut enfin, elle descendit le trottoir et s'élança sans même s'assurer que toutes les voitures allaient bien freiner pour respecter leur feu rouge. Elle était occupée et n'avait pas de temps à perdre, après tout. Elle arrivait saine et sauve de l'autre côté de la rue quand elle entendit la sonnerie de son téléphone cellulaire qui provenait de son sac à main. Elle en sortit son téléphone et regarda l'écran avant de répondre.

« Tout est en ordre ? »

Ariel fit une dizaine de pas de plus et s'arrêta de marcher pour écouter la réponse en longueur qu'offrait son interlocuteur à sa question. Elle se trouvait devant un magasin d'appareils électroniques qui offrait un assortiment d'appareils à la fine pointe de la technologie. À travers la vitrine, on pouvait voir une télévision de soixante pouces offerte en promotion monstre en vue du temps des Fêtes qui présentait son image en couleurs haute-définition. On avait écrit 999,99 $ dans une étoile de carton rouge à huit pointes collée sur le coin supérieur gauche de l'appareil. D'un côté de l'appareil était plantée une vendeuse et de l'autre, un couple d'hommes qui se tenaient par la taille. La vendeuse gesticulait, télécommande en main, en récitant son monologue promotionnel à ses clients potentiels.

« Le son de cet appareil est hors de ce monde. Écoutez ça ! » s'exclama-t-elle en montant le volume pour donner voix à l'image qui montrait le haut du corps d'une femme sans âge parfaitement coiffée et maquillée.

— Autre nouvelle aujourd'hui, Lise Montfort, la propriétaire d'un rare Picasso a fait don du tableau au duc de Bellevue. Le tableau, la Femme au béret et à la robe quadrillée, *avait été acquis par son mari pour des dizaines de millions de dollars peu de temps avant qu'il ne se suicide en sautant du toit d'un immeuble en construction du centre-ville.*

L'image changea alors pour montrer en son centre l'œuvre d'art en question. D'un côté se tenait un homme à la chevelure foncée abondante, parsemée de juste assez de sel pour lui donner une allure sophistiquée et aristocratique ; il offrait à la caméra un sourire authentiquement heureux, presque infantile. De l'autre côté de la toile se tenaient un homme et une femme qui semblaient tous deux être de l'âge où la crise du milieu de vie tirait à sa fin. La femme était resplendissante, semblant être sortie droit d'un salon de coiffure. L'homme, lui, avait la tête parsemée de boucles blond-châtain indomtables. La femme portait une robe colorée qu'on devinait hors de prix alors que lui portait une chemise à carreaux qui s'apparentait à celle de la robe de la femme de la peinture. Un des pans de sa chemise était enfoncé dans son pantalon alors que l'autre en était ressorti. Tout comme le duc, ils souriaient tous les deux, mais ils ne regardaient pas la caméra ; ils se souriaient l'un à l'autre avec des étincelles dans les yeux qu'on voit briller d'ordinaire dans ceux de jeunes gens dans la fleur de l'âge.

L'image fut alors accompagnée des paroles de l'invisible présentatrice de nouvelles :

— Lorsqu'on lui a demandé pourquoi elle avait tout bonnement fait don d'un trésor aussi précieux dans le monde des arts, madame Montfort a répondu que l'amour n'a pas de prix, sans vouloir commenter davantage… alors que son compagnon, le célèbre scénariste Ronnie Kaufmann, gagnant de huit Oscars pour le meilleur scénario de film, a rajouté que les muses n'en ont pas non plus. Le duc de Bellevue, pour sa part, nous a informés que ja-mais il n'aurait pu imaginer le grand jour où l'œuvre lui appartiendrait.

Un des clients potentiels, celui des deux qui était le plus grand et avait les cheveux aussi noirs qu'un corbeau, donna l'impression de reconnaître quelqu'un dans l'image présentée par la télévision aux couleurs en haute définition et en informa son amoureux par un gentil coup du coude.

Pendant tout ce temps, en bas de l'image, déroulait en boucle une banderole qui informait les téléspectateurs que le mégagros lot de quatre-vingt-un millions de dollars avait enfin été raflé par un seul heureux gagnant. La banderole informait aussi que l'Étrangleur de Barbie n'avait toujours pas été appréhendé et que la vente des boîtes de teintures blonde avait diminué de 60 % au cours des trois derniers mois.

« Vous entendez ça ? Un son haute-fidélité. La meilleure qualité sur le marché ! » conclut la vendeuse en appuyant sur le bouton *MUTE* de la télécommande.

Sur le trottoir, Ariel déclarait : « Non, c'est inacceptable. »

Après une autre pause pendant laquelle son interlocuteur devait offrir des explications quant à l'inacceptabilité de la situation, Ariel poursuivit : « T'en fais pas, Rocco. Je sais *exactement* de quel type d'homme on a besoin. Je vais bien le trouver, notre Roméo en herbe. Je le trouve toujours, non ? Mais pour l'instant, j'ai *vraiment* besoin d'un café avant mon rendez-vous chez le coiffeur. Je te rappelle plus tard. » Et elle raccrocha.

Avant de se remettre en marche vers le Café du Coin, Ariel se retourna vers la vitrine du magasin pour y admirer son reflet. Les deux centimètres de repousses brunes trahissaient trop qu'elle n'était pas une vraie blonde. Jamais, au grand ja-mais, elle ne laissait habituellement ses cheveux pousser autant avant de faire colorer ses racines, mais elle avait été tellement occupée dernièrement avec ses affaires florissantes. Qui pouvait prétendre que le crime ne payait pas ?

Elle pouvait voir dans le reflet de la vitrine que la plupart des femmes et même des hommes qui passaient derrière elle étaient plus petits qu'elle. Elle portait des bottes à talons, soit, mais elle aimait le pouvoir que lui procurait sa grande taille de regarder les gens de haut. Le rouge feu de son manteau était presque aveuglant, ce qui ne faisait que rajouter à sa déjà très grande estime de soi.

Satisfaite de l'image que lui projetait la vitrine, elle se remit en marche, jeta son téléphone dans son sac à main et en profita pour en sortir son portefeuille, anticipant déjà avoir en main le café brûlant dont elle avait vraiment besoin.

Le poids de son sac à main diminua de moitié aussitôt qu'elle en eut sorti son portefeuille. Son portefeuille était en effet très lourd, trop lourd, le compartiment réservé aux pièces de monnaie étant plein à craquer.

Très à propos, elle vit alors, assis à l'indienne par terre devant la façade du Café du Coin, un jeune homme qui quémandait à l'aide d'un verre de carton vide posé devant lui qui faisait de la publicité pour « Le meilleur café en ville ». Elle en profita donc pour vider son portefeuille de son petit change en répondant à l'appel charitable lancé par le verre de carton. Le jeune homme invitait encore le bon Dieu à la bénir à l'aide de tous les saints du ciel lorsqu'elle s'engouffra dans la chaleur du café.

Ariel se dirigea droit au comptoir où la barista lui demanda ce qu'elle pouvait lui offrir aujourd'hui.

« Un très grand Americano. Noir. Chaud. »

« Un très grand Americano, noir ! » cria la barista à l'égard du cuisinier qui se trouvait derrière elle. Puis, elle enchaîna à l'intention de la cliente : « Ça fait quatre dollars et vingt-cinq, s'il vous plaît. »

Ariel – en fait Ariel King d'après le nom qui était écrit sur son permis de conduire – prit le premier billet de banque qui lui tomba sous la main et le remit à la barista sans même regarder quelle valeur il pouvait avoir, sachant pertinemment que tous les billets qui se trouvaient dans son portefeuille étaient des billets de cent dollars.

La barista prit le billet, remarqua la tache en forme de cœur qui recouvrait presque le 100 situé dans le coin supérieur gauche, et surtout le fait qu'il était tellement usé qu'il était presque déchiré en deux, et demanda : « Est-ce que vous auriez un autre billet ? Je ne sais pas si celui-ci est bon. » Elle fit mine de vouloir rendre le billet à la cliente qui ne fit rien pour le reprendre. Au lieu de cela, la femme sortit un autre billet de cent dollars de son portefeuille, celui-ci flambant neuf, et le secoua à deux pouces devant son nez.

« Miss… Alice… », lut-elle sur son badge, « de l'argent c'est de l'argent », chuchota-t-elle d'un ton menaçant. Ariel pointa les deux billets du menton. « Ces deux billets ont *exactement* la même valeur, peu importe leur allure. Tu devrais apprendre à ne pas cracher dessus. »

Elle remit ensuite le billet neuf dans son portefeuille et étira les lèvres dans un sourire alors que ses yeux demeuraient tout à fait impassibles.

« Maintenant, donne-moi ma monnaie et ce avec le sourire approprié qu'on doit réserver à la clientèle qui paye ton salaire. »

Sans un mot de plus, Alice poinçonna le prix du café sur la caisse enregistreuse. Le tiroir s'ouvrit, Alice y plaça délicatement le vieux billet de cent dollars et en ressortit deux billets de vingt, quatre billets de dix, trois de cinq et trois pièces de vingt-cinq cents. Ariel prit les billets qu'Alice lui tendait, lui fit signe de jeter les pièces de monnaie dans le verre sur lequel était écrit « N'oubliez pas que votre pourboire m'aidera à manger », prit le verre de carton rempli jusqu'au rebord de café noir fumant que le cuisinier venait de placer devant elle et se retourna pour aussitôt en renverser la moitié du contenu sur l'homme qui attendait en file derrière elle.

« Oh, mon Dieu ! Que je suis maladroite ! »

Ariel entraîna l'homme vers le comptoir où se trouvait un distributeur de serviettes de papier et se mit en devoir d'essuyer le manteau qui avait été inondé de café noir brûlant.

« J'espère que je ne vous ai pas brûlé… » Elle leva alors ses yeux vers les yeux bleus délavés du bel inconnu aux cheveux d'ébène qui était exactement de la même grandeur qu'elle. Elle arrêta d'essuyer le manteau de cuir vert et lui offrit son plus beau sourire. Le hasard faisait vraiment bien les choses. Cet homme ferait un Roméo parfait pour son sa plus récente affaire criminelle.

« Oh non, ne vous en faites pas, j'ai vu *bien* pire », dit-il en lui rendant son large sourire.

Les deux étrangers se tenaient beaucoup plus près l'un de l'autre que la norme de bienséance ne l'aurait permis d'ordinaire.

« Je m'appelle… Juliette. »

« Juliette… j'*adore* ce nom. Juliette, je m'appelle… Luke. »

Ariel lui offrit sa main droite, qu'il prit de sa main gantée pour l'amener à ses lèvres et y poser un doux baiser, sans lâcher les yeux de la belle blonde du regard.

« Luke la main chaude ! Je dois avouer que vous n'avez absolument rien à envier à Paul Newman. »

« Vous êtes une connaisseuse des classiques du cinéma ?

Quelle chance que vous ayez renversé votre café sur moi ! Vous n'avez d'ailleurs vous-même rien à envier à Joy Harmon, Juliette. Rien-du-tout. »

Ariel gloussa. « En effet, je suis très heureuse de vous être littéralement tombée dessus, Luke, même au prix de mon café ! Et je suis tout aussi heureuse de constater que nous sommes loin de nous trouver en présence d'un manque de communication… »

Au même moment où cette scène de flirt sans retenue se déroulait, derrière eux, à travers la grande vitrine du café, une jolie jeune fille coiffée d'un glorieux afro apparut en courant sur le trottoir. Elle s'arrêta et se retourna, riant avec insouciance, attendant visiblement quelqu'un qui devait la suivre. En effet, quelques secondes plus tard, un homme portant un gilet à capuchon bourgogne apparut à son tour. Il marchait à l'aide d'une béquille ancrée sous une aisselle. La jeune fille se dépêcha alors de prendre le bras libre de son amoureux pour le passer autour de son cou à elle, plus que prête à l'épauler pour le reste de leur parcours. Elle leva vers lui un regard débordant d'adoration et ils s'embrassèrent comme seuls les jeunes gens dans la fleur de l'âge savent le faire.

À l'intérieur du café, Alice fixait Ariel d'un œil mauvais. Le cuisinier, pour sa part, fixait Jean d'un œil jaloux.

À l'extérieur, des sirènes retentirent.
Puis s'éloignèrent.

TABLE

Liste des oeuvres d'art mentionnées

Œuvres bien réelles que j'ai sélectionnées soigneusement et qui m'ont aidée à vous raconter mes histoires entièrement fictives. Il est à noter que tous les noms d'acteurs et d'artistes ont été intégrés aux histoires de façon entièrement fictive.

Oeuvres d'art

Femme au béret et à la robe quadrillée de Pablo Picasso (Le tableau a été acheté aux enchères pour 69,4 millions de dollars en 2018) – Lignes 1 et 4, ainsi que Le bout de la ligne

La Madonna Litta de Leonardo Da Vinci (se trouve en réalité au Musée Hermitage de St-Petersburg (au moment d'écrire ces lignes) – Ligne 4

Films

The Sixth Sense (1999) – scénario et réalisation de   M. Night Shyamalan (1999) – Ligne 4

Shawshank Redemption (1994) – scénario de Frank Darabont d'après la novella *Rita Hayworth and Shawshank Redemption* de Stephen King publié dans le livre *Different Seasons* (1982) – Ligne 6

Escape from Alcatraz (1979) – scénario de Richard Tuggle d'après le roman du même titre écrit par J. Campbell Bruce – Ligne 6

Cool Hand Luke (*Luke la main froide*) (1967) – scénario de Donn Pearce et Frank R. Pierson d'après le roman du même titre écrit par Donn Pearce – Ligne 6 et Le bout de la ligne

<u>Pièce de théâtre</u>

À ma connaissance, il n'y a aucune pièce de théâtre intitulée *Un trésor tombé du ciel*. Je l'ai inventée pour les besoins de la cause

<u>Roman</u>

Ligne de destinées, roman (ou nouvelles ?) de Sandra Gauthier (2023) – Ligne 5

<u>Musique</u>

C'est malheureux que les livres ne puissent pas avoir de trame sonore puisque les chansons choisies et mentionnées dans les lignes de destinées que j'ai inventées complémentent à la perfection les scènes décrites.

« Imagine » de John Lennon – La combinaison de la signification des paroles et de la mélancolie de la mélodie (surtout à l'harmonica) décrivent bien les circonstances de Maurice et du monde dans lequel il aurait aimé vivre – Ligne 2 et 7

L'air de « You Can Leave Your Hat On » de Joe Cocker (à l'harmonica, bien sûr) accompagnait à la perfection le fantasme du strip-tease de Maurice – Ligne 2

« Les Quatre saisons » d'Antonio Vivaldi, Concerto no 2 en sol mineur, op. 8, RV 315, « L'estate » (L'Été) Presto – Ligne 2

« O Fortuna ! » (Carmina Burana) de Carl Orff. La traduction des paroles en latin porte à réfléchir. Et même sans lire la traduction des paroles, la musique de la chanson elle-même semble avoir été composée pour complémenter l'histoire de Lise et de son fantôme, sans prétention – Ligne 4

« For the Love of Money » de The O'Jays battait bien la cadence du pas de Caleb devant les vitrines de magasins de luxe, sans compter le thème de la chanson – Ligne 7

« Total Eclipse of the Heart » et « Holding Out for a Hero » de Bonnie Tyler. On se doit de chanter ces chansons à tue-tête dans la voiture, spécialement lorsqu'on souffre d'un cœur brisé – Ligne 7

« Moi et toi » (paroles de Norbert Lepage)

Je ne suis pas un super-héros
Juste un homme et sa rêverie
L'auteur de notre histoire
Qui se meurt de commencer

Tu sais à peine que j'existe
Le destin nous conduit
Depuis le tout début
Sur un pont à l'infini

Refrain
Je veux chanter mes chansons pour toi
Rire, danser, vieillir avec toi
Parce que tu es faite pour moi et je suis fait pour toi
Nous sommes deux. Toi et moi

Le mélange de nos auras brille
Mets ta main dans la mienne
Mon cœur attend depuis si longtemps
Que son âme-sœur vienne

Notre amour est écrit dans le ciel
Comme la lumière d'une étoile filante
Se reflète dans un arc-en-ciel de verre
Sur les cordes de ma guitare

Je veux chanter mes chansons pour toi
Rire, danser, vieillir avec toi
Parce que tu es faite pour moi et je suis fait pour toi
Nous sommes deux, moi et toi

Je rêve d'un meilleur avenir
Sous ce ciel plein d'étoiles
Et mon seul souhait est tu entende
Mon ode à toi et moi

NOTA

Les *lignes* se déroulent en 2021, mais comme je les ai fabriquées de toutes pièces, j'ai décidé de faire comme si la planète n'avait pas été affligée de la pandémie de la COVID-19. C'est un peu pour ça qu'on lit, non ? On utilise la lecture, la musique, le cinéma, la télévision, Netflix, le théâtre, les arts visuels et même la gastronomie pour s'échapper de la réalité, pendant un moment.

REMERCIEMENTS

Merci à Patrick Légaré pour m'avoir passé un petit bout de papier avec une idée d'histoire pendant l'été 1990 alors qu'on se mourait de chaleur dans un cours de physionomie de la Réserve des Forces armées canadiennes à la base de Longue Pointe, à Montréal. Le papier disait quelque chose comme : Écris une histoire sur un homme qui tombe d'un vingtième étage. De là ont germé les petites histoires que vous avez lues et qui, je l'espère, vous ont procuré autant de plaisir que j'ai eu à les écrire.

Merci à Cécilia Cussonneau et à Mélodie-Fée Drouin pour leur relecture attentive.

Si ces histoires vous ont plu, faites part de votre opinion via un commentaire sur les sites de votre choix. Vous pouvez aussi en parler à vos amis, leur offrir le livre en cadeau ou même passer votre copie au suivant. Vous pouvez aussi me joindre par courriel à l'adresse contact@sandragauthier.com, si le cœur vous en dit.

À PROPOS DE L'AUTEURE

Sandra Gauthier est née au Québec et, grâce à ses parents, a eu la chance d'étudier au Lyceo Franco Hondureño, à Tegucigalpa (Honduras), à l'International School of Yaounde (Cameroun) et au Lycée Fustel de Coulanges de Yaoundé (Cameroun). De retour au Canada, elle a fini ses études du secondaires et a fait son baccalauréat à l'Université Laval à Québec. Quelques années plus tard, elle a fait son PGCE en enseignement du français et de l'espagnol (langues étrangères) à Saint-Martin College à Lancaster (Angleterre). Elle travaille dans l'enseignement du français langue seconde au Centre des langues du Collège militaire du Canada, à Kingston, en Ontario, depuis 2005.

Sandra préfère inventer l'environnement des personnages dans ses écrits.